中公文庫

カストロの尻

金井美恵子

中央公論新社

目次

カストロの尻

「この人を見よ」あるいは、ボヴァリー夫人も私だ／破船

サント＝ブーヴを相手にしていると、私たちは何度でも叫びだしたくなるんです、なんて馬鹿なんだ、なんて下司なんだ、このじじいは、とね。

プルースト『サント＝ブーヴに反論する』

出口裕弘・吉川一義訳

「小説家の「幸福」」というタイトルの原稿依頼の手紙をいただいた時、私はたまたま谷崎潤一郎の『瘋癲《ふうてん》老人日記』の一部を、連載中の小説に引用したくなり、記憶しているものと原文が一致しているかどうか出典にあたるべく、昭和四十九年に上梓された中央公論社豪華普及版（と、なんとなく形容矛盾という感じもする）谷崎全集十九巻目を読んでいた最中で、この小説の冒頭部分には、主人公の老人が新宿の第一劇場へハイヤーで歌舞伎見物に行くのだが、折しも、六〇年の反安保運動が昂ぶりを見せていた最中、デモ隊とぶつかるのは避けられないために、早目に家を出る必要があると運転手に言われ、しかたなく、そうするということが書かれている。

　そういえば、後藤明生の短篇に、六〇年安保の騒然としたデモ行進を避けてというか関心を持つこともなく、神田の路地の喫茶店に行くという挿話があったのを思い出し、それが何だったかが気になるのだけれど、調べはじめると時間がかかってしまうし、それはまた先きにのばすことにして、今、まさに書きつつある私の小説（と、呼べるのならば）の方へ戻らなければならないのだからと言いきかせ、引用するのに必要なページ何ヶ所かに付箋を張りはしたのだが、つい、あまりの面白さに半ばあきれて、他の部分を読みはじめてしまい、さらに同じ巻の『雪後庵《せつごあん》夜話』の中で、たしか、映画化された『瘋癲老人日記』で若く美しい踊り子出身の嫁の颯子《さつこ》の役を若尾文子がやったことについて、自分としてはそれも悪くはないけれど、理想とする女性の一典型として淡路恵子をイメージしていたと書いていたはずだ、とページを繰ると（普及版とはいえども貼函入り、木綿クロス装。この巻は五百八頁。定価二千円。著者検印の代りにクロスの薄いエンジにあわせた茶色の地に「潤」の字を白く抜いた落款の票が貼ってある）、ヨレヨレになって茶色く変色した古い付箋が、ノリが落ちてしまって四百二十ページと四百二十一ページの間にはさまっていて、そこに感銘を受けたのか、あきれたのか鉛筆で「小説家の幸福!!」と書いてあるのだった。

　細かい経緯を説明すると長くなるので、とりあえず省くとして、谷崎は成功しなかった『顔世《かおよ》』という戯曲（昭和八年）を書いた後、「（これを）最後にしてこれからは小説一本で押し通さうと自分で自分に云ひ聞かした。」と書いた次の行は、「「小説家であることの幸福」と云ふやうなエッセイを、私はとき〴〵書きたくなる。」とはじまる。「全く他人と沒交渉で仕事が出來、自分だけの世界に閉ぢ籠つてゐられる有難さは、たゞひとり小説家のみが享受出來る。」と言うのだが、私はエッセイの連載もしていて、そちらの方に引用するつもりで、一九八二年の『反核——私たちは読み訴える　核戦争の危機を訴える文学者の声明』（岩波ブックレットNO．1）の中で大江健三郎が集会のスピーチで引用した、「核状況のカナリア理論」の中のカート・ヴォネガットの言葉に付箋が張ってあるのを思い出しもしたのだ。

　物理学教師を中心とした聴衆に向ってヴォネガットは「いったい芸術の有効性とはなんだろうと、みずから問いかけて」、「芸術の「炭鉱のカナリア」理論」について語る。「芸術家たちが社会にとって有効であるならば、その理由はかれらがきわめて感じやすい者たちだということです。かれらは徹底して感じやすい。かれらは有毒ガスが充ちてくる炭鉱のカナリアのように、より躰の強い者らが危険を認める前に、卒倒してしまいます。／今日の集まりに来る前に、私が卒倒していたとしたら、それは私にできたもっとも有効なことであったでしょう。他方、毎日何千人もの芸術家が卒倒してはいるのですが、それに誰ひとりわずかな注意もはらわぬのです。」というのがそれだ。

　炭鉱内で発生する有毒ガス感知装置としてのカナリアは、坑道の天井に吊された鳥籠の中に入って、児童文学の古典『家なき子』や『ドリトル先生と緑のカナリア』、映画ではジョン・フォードの『わが谷は緑なりき』にも語り手の少年が手に籠を持って登場していた記憶があるのだが（もちろんそんなシーンはなく、実際は語り手の少年の病床の窓に大きなカササギがやって来てけたたましく鳴くのである）、ドリトル先生のピピネラ（という名のメスのカナリアの名歌手）は別として、有毒ガスの発生と同時に危険を知らせるべく、すぐに死んで（卒倒どころか）、坑夫たちが逃げる間もなく炭鉱は爆発し、大勢の死者がでるのだった。敏感な生体警報装置としての充分な役割も果せずに――。

かわいそうな、徹底して感じやすいカナリアに擬されもする芸術家なのだけれど、その中の一人というべきかどうかは徹底的に疑問だが、老いた文豪である小説家（死ぬ二年前の七十七歳）は「自分だけの世界に閉ぢ籠つてゐられる有難さ」につくづくうっとりとして、ときどき書きたくなるわけである。「私は家庭の中にあつても妻や妻の一族に窺ひ知られない孤獨の世界を持ち、いつでも氣が向けばそこに逃げ込んで籠城し、子供が好きな人形を並べて樂しむやうに、數々の幻想の人形を並べて何人の掣肘《せいちゅう》も受けることなく自由な時を過すことが出來るのは、ひとり小説家のみに許された特權であると考へてゐる。私はもうこの孤獨の世界から、一歩も外へ歩み出さうとは考へない。」

この、全集の組みで六行ばかりの、野蛮とも優雅とも鈍重とも幼稚とも老人性の痴呆とも呼び得る文章の最後を読むたびに（また、たった今、書きうつしても）、こう書いた二年後に谷崎が死ぬということを歴史的に知っている立場で読んでいるにしても、私は思わず吹き出してから、震撼させられるのだ。

　後藤明生の未完の長篇小説『この人を見よ』は、作家《この人》論による小説論のユニークさが、別の意味で吹き出してしまう実に奇妙な、連載当時でさえ、それほど多くの読者がいたとは思えない、なにか決定的に何か（重い主題や、とりわけ時代的な新しさ）を欠いているような小説なのだが、「幸福」とまではともかく、しかし書くことと調べること（と言っても、世代的に上の安岡章太郎の『流離譚』などとはまったく違うし、調べ魔と自らを言う大岡昇平と違うことは言うまでもないだろう）を、楽しんだろうことが充分に想像されるのである。最初に登場するのが谷崎の『鍵』である。語り手はカルチャーセンターの「文学教室」に通っていて「日記」を書いている。『鍵』はもちろん、お互いの日記を盗み読みしあうことを暗黙の了解として日記を書く夫婦の日記という構成で書かれた小説なのだが、ここでは、『鍵』と『瘋癲老人日記』の性的欲望という主題はこの際どうでもいいので、発表された当時、『鍵』と並べて批評されることが多かったピエール・クロソウスキーの、仲の悪かったという兄弟バルテュスとは似ても似つかない下手な自筆の趣味的な挿絵の入った『ロベルトは今夜』にも（クロソウスキーが因業な色欲老人を演ずるロベール・ブレッソンの『バルタザールどこへ行く』にも）触れないのだが、『この人を見よ』の日記の書き手の単身赴任者（「数え年五十六歳」で『鍵』の「僕」と同じ年である。学生時代に、なんとなく読んだ時には、かなりの「老人」だと思っていたのに、今は同じ年であることに驚くのだが、この原稿を書いている私は数え年六十七歳である。そして、今、思い出したのだが、小学校六年の時、同級生の家の茶の間で、棟方志功の木版で飾られた函入りの『鍵』を何ページか——当然ながら旧仮名でカタカナで漢字は旧字なのだから、ひどく読みにくい——読んだ、というか見たのを思い出した。嘘つきなので嫌われていた同級生は、『鍵』を読んだ、と、いつもの自信たっぷりな態度で断言するのだった。その頃は本を読むことが嘘をついてまでも自慢するに足る対象となっていたのである。今でも、むろん、読んでいない本について読んだかのように批評を書く者は多いのだが）は、『鍵』に出て来る「流行語、新語、俗語、固有名詞、商品名、薬品名などは次の通り（順不同）。」として列挙する。『鍵』は「中央公論」に昭和三十一年一月号から十二月号に連載され、十二月に単行本上梓。

「温泉マーク　ジェームス・スチュアート　スコッチ印のセロハンテープ　フォーク

ナー『サンクチュアリ』『麗しのサブリナ』器具　クルボアジェ　ヴィタカンフル　イソミタール　ルミナール　カドロノックス　脳下垂体前葉ホルモン五百単位　ルチンC　セルパシール　カリクレイン　ヴィタミンB1　ヴィタミンK　ネオフィリン　濃厚葡萄糖五百プロ　ネオヒポトニン　キネマスコープ　バビンスキー反射　ツワイス・イコン　男性ホルモン（デポ）　ポーラロイド……etc」

『鍵』の五年後に書かれる『瘋癲老人日記』の方が、人間関係の複雑さとそして〈書く＝読む〉という小説家にとって常に魅惑的な主題がいわば退行しているだけに、たいていの作家がなぜか多用することを忌避したり意識的に拒否したりする「流行語、新語、俗語、固有名詞、商品名、薬品名」は多用されているかもしれない。

ほとんどの作家（もちろん、純文学、の）がこうした言葉を避けようとしたのは、笑うべし（と、なぜか石川淳風の古風な言葉づかいをしたくなってしまうのだが）、そうした言葉は古びてしまうことを怖れたからである。古びてしまって、調べでもしないかぎり、意味さえもわからない言葉が小説の中に登場すると、その小説自体までもが、ある一つの時代の、いわば籠の中の鳥のように自由を奪われて限定されて古びて見えてしまうのだ、と、考える作者たちがいたのだ。

後藤明生が「海燕」に『この人を見よ』を連載していた（一九九〇年一月号から一

九九三年四月号）時期より少し前、一九八三年十二月号から一九八四年の十二月号まで断続的に「海燕」誌上で私は『文章教室』（という小説）を連載していたのだったが、その頃、ある種の文芸批評家たち（それ程の年輩というわけではなく、いわば中年という年齢だった）にとって、外来語のカタカナというものは、不快というか彼等の言語的美意識にとって受け入れ難いものであるというのが常識だったらしく、誰の小説について発言していたのか（鼎談形式の匿名の批評が「海燕」にはあったのだまるで覚えていないのだが（もちろん、若い男の作家に決ってる）、レコード（どんな曲なのかについて、批評家は触れていなかった）をプレイヤーのターン・テーブルにセットするとオートマチック装置で針がおりてきて云々、といったような文章は日本語としていかがなものか、と発言していて、私の『文章教室』についても、たとえば、そこに出て来る食物の名であるらしい「キッシュ・ロレーヌ」なんてものは知らないと嘆くのであった。キッシュ・ロレーヌを知らないことを嘆くのではなく、そういうカタカナ言葉を平気で小説に書く作者を、である。同じ頃、同世代の小説家が、時代の推移によって変化して古びてしまうしイメージを限定する言葉や事物を自分の小説には登場させない、と書いていたことがあって、それは具体的に、パンタロンであったり電話のダイヤルを回わすという動作であったりもするのだが、谷崎潤一郎は自分の文章が古びるかどうかといったことについての、繊細というか気の弱い配慮とは無縁だったわけである。

それは彼が「文豪」としての綽々とした余裕を持っていたからであろうか。

たとえば、コラムニストとかライターと呼ばれる書き手の北原みのりは「〝婚カツ詐欺師〟木嶋佳苗被告一〇〇日裁判傍聴記」（「週刊朝日」'12年2月24日号）の中で、殺人罪で裁判を受けている被告の女性が毎回どのような服を着て、自分の肉体的魅力を十二分に発揮させていたかを細かく説明し、その日の被告席では新しいミュールを履いてひきしめ運動のように足首を上下に動かしていたことに触れ、裁判員をのぞけば「弁護士も裁判官も検察も、法廷の真ん中にいるのは、ほとんどが男性」の中で行われると書く。ある日、検事の「被告はあまおう1パック、練乳、リング稲を買って被害者宅に向った」という冒頭陳述を聞いて「リング稲？　ああ、もしかして、パスタのこと？　そこは検事、一気に「リングイネ」と読むのよ〜。リングイネを知らない男に、佳苗は罪を問われ、佳苗のミュールなど、恐らくどうでもいい男たちに佳苗は守られ、裁かれようとしているのだ。」と、感情を昂ぶらせて書く。

一方、「週刊朝日」で、同じ事件と裁判についてのルポルタージュ、というのだろうか、連載をしていた男性のノンフィクション・ライター、佐野眞一（おそらく、私と同世代だろう）は、同じ女性（何人もの男から結婚詐欺で多額の金を奪ったばかりか、冷酷無比なやり方で命をも奪った、犯行で起訴されている）が法廷の被告席にいる姿を見て、自分は、いわば、その美しくないことをまっ先に感じとったことを強調すべく、裁判の主役であるべきはずの被告の女性を裁判所の女事務員かと思った、と書くのである。裁判所の、速記者でも、判事でも検事でもなく、働いている女事務員だと言うわけである。女事務員という言葉は、私が記憶しているかぎりでは、一九五六年に日活で映画化されてもいる川端康成の『東京の人』で、女性主人公の、事業に失敗した夫が会社の女事務員（経理部の）と失踪してしまうという筋立の説明中で使われていたのを覚えているが、その頃、会社（裁判所でも）で働く女性は、タイピスト、エレベーター・ガール、バス・ガール、電話交換手、女性編集者、秘書、受付嬢等々と職種の名称で呼ばれ、それ以外の、いわゆる腰かけの女性たちは、経理の娘《こ》、といったように呼ばれていたのではないだろうか。溝口健二の『浪華悲歌《エレジー》』（’36）の山田五十鈴が女事務員だったかも、と思い出して調べたが、父や兄や恋人のためにとんでもない目にあいながら、生きぬいて行く彼女は最初、電話交換手として働いているのだった。

私と同年代の佐野には、「BG」と呼ばれるようになる以前の事務方面の女子従業員が、主に紺やオリーブ・グリーンのサージ製で白い襟のついたブカブカした醜悪な上っぱりを着ていて、それが事務服と呼ばれていた記憶があるはずで、それが、いかにも不用意で非現実的（裁判所の女事務員、とは一体、どんな立場の女性のことを言っているのだろうか）で、言うならば差別的で幻想的で時代錯誤な女事務員という言葉を選ばせたのだとしても、そもそもは、北原みのり（や、ほとんどの女性）には見える物が、さまざまな通俗的で陳腐な先入観にとらわれている佐野には、まるで見えない、ということにつきるだろう。

私が小説を書いていた時、ひと休みのお茶の時間に、『この人を見よ』（未完だったせいか——二〇一二年にやっと一冊の本となった）を先きに読んでいた姉が、最後の方に登場する中野重治の年譜がすごく変で（『この人を見よ』の架空の文学シンポジウムでは、他にも、太宰治、志賀直哉、芥川龍之介、について語られるのだが）おかしい、と言って、中野重治年譜における葬儀と受賞パーティ出席の数の多いことの異様さ（なんという社交的で政治的な人物だろうか）と、にもかかわらず宇野浩二の葬儀に中野が出席しなかった「謎」と「中野のあの記録癖は異様じゃないですか」という部分を読みあげる。「私」が架空のシンポジウムの相手R子とBに向って、年譜は「こういう具合いです」と読みあげるところを含めてである。

「〈十一月七日、第二十二回野間文藝賞（財団法人野間奉公会）の第一回選考委員会で「甲乙丙丁」が、椎名麟三「懲役人の告発」、武田泰淳「新・東海道五十三次」、三島由紀夫「わが友ヒットラー」、倉橋由美子「スミヤキストQの冒険」とともに候補となる。（略）十六日、『甲乙丙丁』の野間賞受賞のことば」を書く〉。というわけですが、年譜にここまで書いた作家はいないんじゃないでしょうか」と、「私」は言うのだ。これなどは、他の錚々たる候補作を列挙するというのは、ある意味（自慢的ニュアンスという意味で）、とても小説家的な部類に属する記述であるし、読者にとっては当時の文学状況がある程度把握できるという利点があるかもしれないのだが、さらに「私」は引用する。

一九七一年の七月一日の午後三時には、かつて共に日本共産党を離脱した「神山茂夫とともに、ソユーズ十一号の三宇宙飛行士の死にさいしトロヤノフスキー・ソ連大使あて弔電を送」り、十月二十六日には「二十一日亡くなった志賀直哉の葬儀（青山斎場）に出席。「上等ということ」を書く。『新潮』十二月号に発表。十一月十三日、座談会「志賀直哉　人と文学」に尾崎一雄、本多秋五、平野謙と出席。『群像』翌年一月号に発表。／十月二十七日、二十五日亡くなった立野《たての》信之の葬儀（北区滝野川三ノ八八の紅葉寺）に行く。」

付記

後藤でなくともと言うより、私の世代の者ならば、中野と共産党の関係を極《ご》く表面的にうすうす知っていても異様に感じるのは「ソユーズ十一号三宇宙飛行士の死にさいしトロヤノフスキー・ソ連大使あて弔電を送った」という「一九七一年の七月一日の午後三時」だろう。後藤は年譜中の「葬儀」参加を引用するのだが、葬儀と言えば知る人は知る一九七九年九月八日の中野重治の葬儀・告別式の記録映画『偲ぶ・中野重治――葬儀・告別式の記録――1979年9月8日』（16ミリ・55分）を忘れるわけにはいかないだろう。いわば、後藤明生にかわって（のり移られて？）この映画についての文章を引用することにしよう。

私はこの映画を見てはいないのだが、とちぎあきらの「映画を以て偲ぶということ」（「NFCニューズレター」二〇一七年七月～九月号）によればこの映画は「中野重治の葬儀前日に、土本典昭監督がその撮影を発案し、当時助監督であった西山正浩に生フィルムを買いに走らせ、高岩仁、鈴木志郎康、小田博をキャメラマンとして呼び寄せ、土本が講師を務めていたアテネ・フランセ文化センター映画技術・美学講座の受講生にも助力を求め、こうした綱渡りの準備によって、青山葬儀所での葬儀次第をまるごとフィルムに収めることに」（傍点は引用者）なって撮られたのだったが、この上映される機会のすくなかった映像（「近年私家版としてDVDが出版され」た映画）を後藤が未見であるのは確実で、もし見ていたら『この人を見よ』に当然扱われて、文学的討議の対象になっていただろう。長くなるが映画の内容を説明するとちぎの文章を引用しておく。一九七九年当時、呼び寄せられたキャメラマンたちは別として、アテネ・フランセで土本の受講生だった若者たちのほとんどが、おそらくその名前を聞いたことさえないかもしれないと私には思われるのだが、「葬儀の五年前、神山茂夫の告別追悼式において弔辞を読む生前の中野の姿」から映画は始り、様々な文学者たちが登場する。「小田切秀雄の司会」で始まった葬儀には「山本健吉、国分一太郎、尾崎一雄、石堂清倫《きよとも》、臼井吉見、桑原武夫、宇野重吉、本多秋五」が次々と祭壇の前に立ち「詩人、作家、批評家、思想家、そして政治家という多彩な顔」を持った中野への「思いを、弔辞にして直に語りかけ」「友人総代の佐多稲子が故人の病状経過を報告、最期に喪主である中野夫人・原泉の挨拶で式は幕を閉じる」のだが、この記録映画は「チッソ社長と患者たちとの直接対峙による交渉を延々とフィルムに収めた『水俣一揆――一生を問う人々』（一九七三年）の時空と通底する」と見る、とちぎは、圧倒的というか重厚なうんざりさとでもいったものに耐えながら「この演劇性の意味を深く知るには、告別式を仕切った出版社が調整したと言われる弔辞者の選定を含め、一九二〇年代のプロレタリア文化運動から戦後左翼運動に至る政治と文学・文化の相克という文脈を熟知していなくてはならず、浅学の身には、言葉の人である彼らの弔意を充分に咀嚼することはできない」（傍点は原文のまま）と書く。言うまでもないことだが、とちぎ同様と言うより、この文学的方面に関しては浅学以下の私としては、後藤がいぶかしんだ中野の丹念な年譜（全集の編集者が資料を元に作ったものなのだろう）とこの記録映画が重なり、是非、後藤に見てほしかったと思うのだが、私としては、正直言って見たいとは思えないものの、土本的映像を想像してみる。二〇一七年に書かれた「映画を以て偲ぶということ」を読んで、その前の年に書いた「小さな女の子のいっぱいになった膀胱について」の中に藤枝静男の「志賀直哉・天皇・中野重治」を引用したことを忘れてもいたのだった。

　後藤明生は年譜の一種滑稽なまでの律儀さがどこから来るのかと考えて驚くの

だが、それと土本典昭の記録することは、別のことだろう。年譜はどうやら真摯さに貫かれているようだが、土本による記録映画は、記録することの素早い反応という映画的動体視力によって撮られているのだろう。

ところで、この葬儀の映画の撮られた一九七九年の七月は上野昂志の『戦後60年』の年表（山本均制作）によれば「ウォークマン発売　インベーダーゲームなどのゲーム機が大流行」したのだが、同じ年に中上健次の小説が二つ（『赫い髪の女』神代辰巳、『十九歳の地図』柳町光男）映画化され、パーレビ国王がイランを出国し、サッチャーが英国首相になり、イランの米大使館が占拠され、ソ連がアフガニスタンに介入、といった歴史的事件があった。

私の世代の者は、この列記された小説と戯曲のうち、あるいは作者名のうち「わが友ヒットラー」と「スミヤキストQの冒険」は、かろうじて読んでいるかもしれないが、中野重治を含めて、ほぼ縁がない、というのが普通かもしれず（現にもちろん家には一冊の中野重治の本もないし、つい最近、四十代の知人——もちろん、女性——からの手紙には、なぜか、辛気臭くて嫌いな児童文学の訳者として中野好夫をあげてあったのだが、訂正の手紙がとどいて、「「超訳」というのがはやっていますが、超悪訳の児童文学『オオカミに冬なし』の訳者は中野好夫でなく重治――小林秀雄が華麗なるドーダなら、こちらは朴とつ系ドーダでしょうか――のほうでした」と書いてあった。「ドーダ」は鹿島茂が「一冊の本」に連載していた『ドーダの文学史』の「小林秀雄的ドーダ」への言及）、私はその時、たまたま大岡昇平の小説を自分の書いている小説（「別冊文藝春秋」連載の『お勝手太平記』）の中に引用していたので、大岡さんならば、中野重治のことを追悼文なり書評なりなんか書いているかもしれないと考えて、全集を調べると確かに書いていて、「中野さんは明治三十五年生れだから私より七歳年長になる。これは小林秀雄と同年であり、蔵原惟人や富永太郎より、一歳下であろう。これは昭和を通じて強い影響力を持った人々を集中的に生んだ世代である。五―七歳年下の私達になると、なぜか人生的興味が分散し、高見順でも私でも、なんとなく世の中をごまかして渡るという態度が顕著になる。中野さんのように、一本条の通ったような生き方はしなくなるのだ。」「大正末の詩人的精神エリートとして、言葉に対して異常な潔癖を持っている。」（「中野さんの文体」『大岡昇平全集　15』）と賞讃している。そして、「中野さんの文体」のページの前には「ぼやきの慎太郎」という短い文章が載っている。内容は主にゴルフのことなのだが、石原慎太郎の話した言葉の後に「(パチパチ)」というものを挿入して「これは慎太郎の目ばたきの擬音のつもりである」と書きそえるのだが、「大岡さんの青春みたいに内容の充実した青春は、(パチパチ)、僕たちにはなかったからな(パチパチ)」と「殺し文句で、年寄りをよろこばせることも知っている」というわけで、あの、石原のせわしなく神経質そうな目ばたきは、老化現象ではなく、いわば嘘をついている時に生じる表情なのかもしれないということを、ついでに知ることができる。「個人全集」を読む楽しみの一つというものだろう。

私の『文章教室』という小説は、一九七〇年代から一九八〇年代はじめまでの頃、現役の小説家や批評家が書いていた、ある種の典型的な文章を寄せあつめて作られているのだが、そこに登場するいくらか滑稽なところのある人物たち(当時、教え子の結婚式に呼ばれ、スピーチを聞きながら、この小説のことを思い出してしまい、笑うのをこらえるのに苦労した、というお手紙を知人からいただいたことがある)は、実は今も『お勝手太平記』に登場するのだが、と書いて、一休みするべく、肩凝腰痛予防のストレッチを十分程してリラックスしている間に、あっ、と不竟に思い出したことを書いておこう。

　ある批評家が後藤明生の小説について書いた批評（確か文芸時評）を読んだ某有名戦後派作家から、批評家に電話があって、なんであんな（愚にもつかない）ものを評価するのだと問われたというエピソードだ。この話は、後藤さん本人からも、嬉しそうというか自慢の一つとして（後藤さんの酒席でのもう一つの得意の自慢は、自分には文学的才能がない、ということで、これはもちろん、才能などというものをたよりに自分は書いているのではない、という自負なのだが、同席していた、当時は若かった批評家などは、なぜか、あわてて、本気で顔色を変えて、そんなことはない、だって才能がなければ小説は書けないですよ、と言うのであった）聞いたのであったが、ついさっき、私は、戦後派作家が『この人を見よ』の中野重治についてのシンポジウムを読んで、下世話に言う「頭に来た」せいだったのではないかと思いあたり、調べてみたのだが、後藤明生が中野重治について書いていた一九九三年当時、戦後派作家はもう故人だった。五百ページ近い『この人を見よ』を読んで後藤さん的気分になった私としては、次の文章をついでに引用しておきたい。

「年明け早々（一九九一年）に亡くなられた野間宏氏の作家的業績をたたえた「天声人語」は、「闘う戦後派作家」への追悼の気持にあふれたあまりだろうか、「もしも病魔に出合わなかったら、精力的な活動を永遠に続けていたかも知れぬ」と書いていて、この奇妙な文学的表現にはいささかあきれた。」（金井美恵子『本を書く人読まぬ人とかくこの世はままならぬ　PART II』）

「天声人語」的には、不死こそがふさわしいと目されてしまう「闘う戦後派作家」がいるわけだが、さて、エッセイや小説からも充分に窺われる贅沢で優雅な家庭生活の中でそれなりに苛立しくわずらわしい騒音を避けて、谷崎潤一郎は「自分だけの世界に閉ぢ籠つてゐられる」「有難さ」について、47字17行（A5判なのでこの文字組は老人の眼も疲れにくい、ゆったりしたものだ）の中で、いささかくどく強調するのだ。「私はもうこの孤獨の世界から、一歩も外へ歩み出さうとは考へない。」と書いて二年後に谷崎は死ぬのだが、ふと、踏み出そうとした体験はと言うと、昭和八年の戯曲『顔世』の失敗の後、岡山県に疎開していた時「終戰の詔勅を不完全なラヂオで聴いた田舎の人々が、日本が負けて降參したのではなく、アメリカが降參したのだと勘違ひをして雀躍してゐるのを見、「これは芝居になる」と思つて、十二年振りに一と幕物を書く氣になつたが、結局感興が續かず、厭になつて放り出してしまつた。そしてその時に、もう一生涯脚本を書く野望を捨てよう、「顔世」を最後にしてこれからは小説一本で押し通さうと自分で自分に云ひ聞かした。」ことくらいではなかっただろうか。あのカナリアたちのような理由ではなく、昔は成人病と言ったが、現在では生活習慣病（まさしく、谷崎の生活習慣にふさわしく）と呼ばれる脳卒中のせいで、「卒倒」はしているのであったが——。

　それに、「この孤獨の世界」には、はたして「外の世界」と呼べるほどのものなどがあったのだろうか、と言ってみるのも無駄というものだろう。「外の世界」はその職業上、掃除夫として接する建物の汚れでしかなかった、ヘンリー・ダーガーのように、生前は誰にも知られずに「この孤獨の世界」の大量の絵と小説を狭い部屋のベッドの下に隠しつづけたケースもあるが——。

『雪後庵夜話』が書かれたのとほぼ同じ時期（昭和三十八年）、「『わが性の白書』」を書いた五十歳をすぎた中村光夫は、はじめての小説を書くという楽しみについて、「いつも誰かに向つてぢかにものを云ふ必要がなく、自分のつくりだした世界で、人物たちに勝手なことを云はせたりさせたりするのは、大きな楽しみで、今まで文筆を職業としながら、それを知らなかつたのは損をしたといふ気がします」（傍点は引用者）と、思いもよらない率直さで語ったのだったが、この小説を朝日新聞の文芸時評で、幼稚に批判した林房雄と論争することになり、林房雄を含めた「誰か」に向って、相手が「誰」であれ批評家特有の、自分が知的優位者であるという（人によっては認めざるを得ない？）態度で、「これまで我国で軽信の対象になつてきた近代文学の理念がいづれも崩壊の危機にのぞんでゐるとき、批評だけはその例外であらうと考へるのは呑気すぎます」と書きつける（金井美恵子「それを知らなかつたのは、損をしたといふ気がします。」『重箱のすみ』所載）。

私に依頼されたエッセイのテーマは「小説家の「幸福」」であり、（枚数も四百字原稿用紙五枚だったのだが……）この幸福という言葉は周到に、鍵カッコのいわば籠に入った状態で示されている。あらかじめ、籠が用意されているかのように。

たとえば、一八五三年十二月二十三日、金曜日、夜二時、クロワッセでフローベールは、午後二時から（夕食のための二十五分を除いて）『ボヴァリー夫人』を書きつづけ「完全に最初から最後まで幻影に浸りきって過すという、わが半生にも稀な一日」を過し、頭に鉄の帽子を被っているように疲労し、背中や頭がずきずき痛む激情的な興奮状態で、愛人のルイーズ・コレ宛の手紙に、記す（以下、手紙は山田𣝣・斎藤昌三・蓮實重彦訳）。

「書くということ、もはや自分ではなくなり、書いている創造物全体のなかを隈なく巡るということ、これは実に甘美なものです。例えば今日、ぼくは男であると同時に女、情人でありながら情婦ともなって、秋の昼下りの森のなか、黄ばんだ葉叢の下を散歩しました。更に、ぼくは馬でも葉叢でも風でもあり、彼らの言い交わす言葉、愛に溺れた彼らの瞼を半ば閉じさせる朱い太陽でもあったのです。これは思い上がりでしょうか、それとも信仰心とでも言うべきものでしょうか、途方もない自己満足が愚かにも昂じ果てたものなのでしょうか？」

　本は言葉だけで書かれて浮かんでいる世界なのだから、ボヴァリー夫人も私なのだ。

「このような享楽を経験した後で、これをもう一度味い直していると、神が聞き届け給うと分っていれば感謝の祈りを捧げたいものだ、とそんな気持に駆られてくる」ほどのものであるけれども、まったく厄介で遅々として進まず「かかる責苦を味わいながらもこんなふうに夢中になってしがみつき、ほかに何ひとつほしくないというからには、書くということは、まさしく苦しいまでに甘美な何ものかであるわけですね。」

　フローベールが愛人に訴える「かかる責苦」とは、しかし、一週間に一ページしか小説が進まず「テンポの早い、あっさりした条《くだ》りが必要だった」のに「しかるにぼくは鬱陶しくてくだくだしい描写に流れがち」だったということなのであり「文体《スチル》のみからなっているこの書物は、文体それ自体を不断の危険としてそなえている」ので

「ぼくは文章に酔っぱらい、そして考えていることを見失ってしまう」し、こうして小説を書くこと（『ボヴァリー夫人』を、フローベールは、まさしく、今、書いているのだ）は、断じて良き市民になるためなどではなく、そんなことのためだとしたら、絶対に「植物園の虎より以上に自由にあこがれて四半世紀も自分の檻の中をまわりはしなかった」だろうし「疥癬にかかった熊のように自分の穴の中で死んでしまうか、さもなくば人間の方からわざわざ熊を見に出かけてくるかです。」と、高揚し、憤激してさえいるかのような苦痛の後に、書くことの甘美で強烈な享楽が、それも死へと身を投げる『判決』の最後の瞬間《シーン》について書きながら（カフカが思い浮かべていたという「長く長く続く射精」よりも、享楽的に）続くのだ。

　谷崎が自ら閉じ籠ろうとした幼児めいたおもむきのある贅沢な「城」や、カナリアに比せられる作家がその敏感すぎる感性を生かして役目を果すさいに入れられる（入る？）籠と、それらの檻と穴はどのように異るのだろうか。

　それから「きみのギュスターヴ」は、突然といってもいい唐突さで、愛人のルイーズ・コレに向って「モード」を語りはじめるだろう。

『ボヴァリー夫人』や『感情教育』を読んだ者であれば、そこでモードがどのように描写され、あるいは登場するか思い出すことが出来るのだし、私たちは、さらにモード雑誌にマルグリット・ド・ポンティの名で、流行の布地の「描写したい気持に駆られる」様子に目をつぶって記事を書くマラルメや、モードを身につけた花咲く娘たちを描くプルースト、そしてロラン・バルトの『モードの体系』へとつながって広がりつづける読書の快楽（と、もちろんそれを通して書くことへと誘惑されること）の系譜を思い浮かべもするのだが、一方、衣装道楽や良い趣味であると同時に、性差は当然として、社会的身分や年齢や出身地方などを歴然と示す記号としての衣装が、様々な細部を際立せつつ言語化された、浄瑠璃や落語といった語り物の言語的空間から、泉鏡花、谷崎潤一郎を想起するのは、あまりにもあたりまえなのだが、『この人を見よ』で後藤明生は「私」に「宇野浩二はゴーゴリの『外套』をモデルにして『蔵の中』を書き、芥川は同じ『外套』をモデルにして『芋粥』を書いています。」と語らせて、日本的モードである着道楽の狂気的対象である着物の意味を（意識的なモード論としてとは言わないが）奇妙にずらしてみせる。『蔵の中』は文学史的には、近松秋江の破滅型的着物道楽（新しい着物を作っては質入れし、それをもとにまた新しい着物を作る）をモデルに書かれたと言われているのだが。

　しかし、私は高校生の時、学校の図書館で岩波文庫のオルダス・ハクスリーの『恋愛対位法』（朱牟田夏雄訳）を読んだのだが、そこには、登場人物の一人であるブルジョワの女性の部屋が灰色とローズピンクの二色で統一されたアールデコ風インテリアで、モダンな居間のガラス板のテーブルには「ヴォーグ」や「バザー」が置いてあるという描写があり、訳註がついていて、「これらは婦人向け流行服装雑誌のようであるが、詳細は不明」とあるのだった。進駐軍の基地の軍人やその妻や娘が本国へ戻る時に置いていった「タイム」や「ライフ」、モード雑誌は私の住んでいた地方の町の古本屋にも積んであったし、ニューヨークのモード雑誌の世界を舞台にした『パリの恋人』（'57）は『ローマの休日』（日本公開は'54）ほどではなかったにしても、よく知られた映画だったのだし、「ヴォーグ」が「詳細は不明」ということは、訳者が女性的空間とまったく無縁な生活を送っていたせいなのだろうか。

一九五〇年代にまだ年若い少女だった岡上《おかのうえ》淑《とし》子《こ》は、古本屋に山積みになっている「タイム」や「ライフ」とアメリカのモード雑誌の写真の波立つ布地のドレープやフレアやなめらかな曲線やダイヤモンドに魅惑されて、「詳細は不明」だったかもしれないが眼の前にある雑誌を小さなよく切れる銀色のハサミの鋭いクチバシのような形をした刃で切りぬいてフォト・コラージュを作るのだが、私は（私たちは）彼女のフォト・コラージュに、ほぼ百年前の一八五四年一月二十九日の日曜の夜、クロワッセでフローベールの書いた「モード」についての奇妙な手紙の一節を勝手にコラージュしてみることが出来るだろう。

「凡庸さがいたるところに浸透して」いるところで、「たとえそこで朽ちはてねばならぬとしても（ぼくたちはそこで朽ちはてるんだろうが、一向構わない）、あらゆる手段をこうじて押し寄せてくる汚物の波につっかいぼうをしなければならない。大理石や緋色の衣の中で暮し、蜂雀の羽でできた長椅子や、白鳥の皮でできた敷物や、黒檀のひじかけ椅子や、べっこうの床板や、純金の燭台や、あるいはエメラルドの中に彫りこまれたランプを手にするてだてがないからには、理想に向って飛びあがろうではありませんか。（中略）一世紀前には完全に美術なしで過せた人々が、今ではちっぽけな彫刻とか音楽とか小説とかを必要としているのですからね。」

　それから『この人を見よ』の作者は、流行作家というものがジャーナリズムにおいてどういう存在であったかを説明するために、「『文春』の芥川追悼号の広告」を引用する。

本誌巻頭に掲載せる芥川氏の肖像は南部修太郎氏が大正十年三月十日撮影したものであります。御希望の方には銀座資生堂写真部に依頼し、四つ切大に引き延ばしたる上、実費送料共、一枚参円（注・傍点をつけた文字はゴチック体の大きな活字）で頒布することに致しました。（書斎に掲載するには四つ切大が尤も適当です）御賛成の諸君がありましたら、郵便小為替にて御送金下されば、送金後十日以内にお送り致します。（但し送金は絶対に小為替の事）

東京市麹町区下六番町一〇
文藝春秋社広告部

尚ほ申込みは九月十日迄。〆切後はお断り。

私（私たち）はいつだって、あきもせず町中の映画館全部のガラス窓の中に飾られた動かない《スチール》写真を見てまわった。ポスターと写真はどの映画館でも一週間に一度新しい別のものに張り替えられるのだった。

ポスターとスチール写真を全部見てまわったとしても、映画館――祖母は映画館ではなく「活動写真の小屋」と言うか、ただ「小屋」と言っていた――は九つあったのに、それ程時間はかからなかったのは、もちろん大して興味を惹かれないのでざっとしか見ない時代劇やモノクロの地味な映画のポスターには時間はほとんどとられなかったからだ、と書いて私はひどく曖昧な気持になる。メトロ、オリオン座、ピカデリー、白鳥座、日活、大映、東映、新東宝、松竹と九つの名前は思い出すなどという大仰というか、わずらわしさはなく、ただ、突発的に足許の地面に巻きあがるごく小さなつむじ風のように（ザラザラした砂粒の混った渦を巻くアルマイト製のジョーゴ型のようにも見えるし、光って回転する硬い空気のような金属性のコマにも似ている）素早く一連の名前として口をついて出るだけなのだが、ザラザラとして、白く輝く石英の粒や黄土色の畑の土のまざった砂粒のジョーゴ型をした小さなつむじ風は、親指の爪のあたるところと、それにもちろん踵《かかと》が薄くなっていて、いつ穴が開いても不思議ではない木綿の水色のソックスに茶色の甲のところの革の組み紐が一本破れているサンダルをはいた脚に強くまとわりついて、ちょうど、たとえば、と彼女は言うのだ。虫歯の治療で削られた濃い茶色に変質した虫喰い歯のカスや口腔にあふれた唾液――緊張と怖れでてのひらや額に滲む汗のように、唾液は口の中に滲み出るのではないだろうか――を吸い込む金属の管とゴム・チューブで出来た機具の先きに小さな冷たい空気の旋風がおきる感じと似ている。

　淡い銀色のうぶ毛のはえた臑《すね》とふくら脛《はぎ》の表面をかけのぼるように回転しながら小さな砂ぼこりをまきあげるつむじ風は吹きあがり、細っそりしたひかがみの筋張ったくぼみをチリチリくすぐりながら体の中心にうがたれた三つの穴のあたりをさっとかすめるようにうかがい（白い綿ネルのブルマーをはいているのを素早く探って）、小花柄の縁飾りのレースのついたシミーズ（去年に比べて背が急速に伸びたのと、何度もの洗濯のせいで布地が縮んだのとで、短かくなってしまっているから、裾の飾りを兼ねた三本のミシン縫いのタックを解いて丈を出さなければならないはずの）とウールの格子柄の四枚はぎの短いフレアー・スカート（これも何度か水をくぐっているので、織目が縮んで全体がびりくんでいるし、四枚はぎの布地の裁ち方を間違えたので格子の布目が中心線でずれているし、何度も水をくぐって四本の縫い目の寸法も、それぞれ違って妙に全体が少しゆがんでいる）をかすかにふくらませて通りすぎて行くのだ。シワスにはこういう小さな突風がよく吹くのだと彼女は言い、建物の前面にエンジと白の化粧タイルをチェス盤のように交互に張った壁の中央に大きな一枚板の両開きのガラス扉（クロームメッキの太い棒状のモダンで装飾的な取っ手を握ってガラス扉の開け閉めをするはず——大人は——だから、一枚板の厚くて重い高価なガラスは、それ程汚れるはずがないのに、あんた等みたいなチビが、きったないベトベトしたてのひらを当ててドアを押すから、一日に何度もガラスを拭かなければならないのだ、と切符売場のモギリ嬢——年なのに若く見えるのか、若いのに老けて見えるのか、わからないタイプ、と私と一緒に映画を見た女の子は、多分、映画の中で聞いたと言うか、字幕で読んだセリフを応用して、にくにくしそうに批評する——は嫌味を言う）があり、その左右には出窓のようになっているショーウィンドーがあり、その手前にはクロームメッキの柵があって、ショーウィンドーの壁面に金色のありふれた画鋲や虫ピンで、上映中の映画のスチール写真や、映画のタイトルや主演俳優とか監督の名前や〝あらすじ〟と、映画がどのように作られたのか（たとえば巨額な製作費、たとえば美しい流麗な旋律の数々の名曲、夢のごとく華麗な素晴しきダンス、輝く新スターの登場！）や、そういった珍しく興味深い周辺のエピソードが、ここで紹介されている映画そのものをさらに輝かしいものにすべく語られている〝解説〟を印刷したチラシが張られていて、蛍光燈のついたガラスのショーウィンドーに飾ってあるので、写真を見るために、クロームメッキの金属のパイプ製の柵に胸を押しつけるようにして身をのり出すようにしなくてもいいのだ。四つ切や六つ切判の油をぬったようにぬるぬると光る黒白やカラーのスチール写真は、実際にスクリーンに映し出される映画とは違って、白黒が単純な物語のように明白につけられたスタジオのライトが当てられ、陰影と輝きに重々しい華やかさでいろどられ、この世のものとは思われない鮮やかさで、月光に照された小波《さざなみ》が無数にきらめいて重なる光芒となって、水面に浮かぶ舟に乗った男女の姿が（一種、白々した印象で）写っている。舟のてすりによりかかったすんなりしたヒロインの黒いドレスの襞《ひだ》が扇形にひろがり、彼女は顔をあおむけて眼を空の彼方に向け、彼女の細っそりした胴に腕をまわしている男（主人公というわけではないが、ヒロインの恋人）は、夜空の流れ星を見つけたのか、もう一方の腕を上げて夜空を指差している。あるいは幻想的な冷たく白い霧——別の世界への入口であることを暗示してスクリーンの中にゆるやかな速度で広がる——が、どこか、どことも知れない天上的などこかを光源にして差し込む光を受けて柔らかなヴェールに変化したような照明《ライト》の中で、つややかに波打ち、もしくは生き物のようにうねる金髪や、奇妙な形の幾つもの黒いなめらかな表面のかたまりというか顔を縁取っている額縁のようにも見える複雑に結い上げられたマゲにかこまれた女優たちの白い顔の中で、特に印象深いのは、上唇の二つのカーヴに個性を強調した口紅の描き方でもあるけれど、と、縫い目の縮んだ四枚はぎのフレアー・スカートをはいた女の子は、ウィンドーに飾られたスチール写真を指さしながら言い、でも、それよりもっと重要なのが、眼で、何重もの付け睫毛をつけ、アイラインを強く引いて形を整え、白黒の写真の場合でも何色もの孔雀の扇羽のような色の金色や銀色や真珠のような光沢のあるアイシャドーや、濡れたような印象のワセリンで瞼に陰影をつけるだけではなく、ロマンチックで印象的な星とか宝石のように輝く大きな瞳を作るためには、〝美しい貴婦人〟という名前で大昔から知られている毒草は根っこが人の形をしていて、満月の夜に引っこ抜くと物凄い叫び声をあげるという根から作られた特別な眼薬を差して、ドーコーを広げてから写真を撮るのだ、と別の植物と混合して、なおさらおどろおどろしく教えてくれるので、私は驚いて――ベラドンナの入った散瞳剤で瞳孔を開いたりしなくても――眼を大きく見開いてまん丸くする。

　エンジと白のタイルをチェス盤（ギンガムチェックのように、でも、碁盤縞のようにでもいいけれど、この場合はやはりチェス盤、と、女の子はもったいぶって言う）のように張って建物の前面を装飾した〝メトロ〟は、昔、と言っても、ようするに戦前のことだけれど〝銀星座〟という名前だったのだとも、彼女は言い、胸をそらすようにして真っすぐに立ち、片腕も伸してクロームメッキのパイプ状の柵を握って、片足をバレーの踊り子のレッスンのように高く上げたり上体を横に曲げたりするので、スカートとシミーズが持ちあがって綿ネルのブルマーと、寒さのせいで赤い斑点が浮き出て、乾燥して粉を吹いた白い太ももが丸見えになるのだが、そんなことは少しも気にせず、体を横に曲げた時、首に巻いていたオリーブ色とベージュのだんだら縞の毛糸編みのマフラーがほどけてだらんと垂れ下ったのを、片手でポンと後に投げるようにして巻き直し、建物の左右にどう見てもどこか不格好な印象を与える形で張り出しているショーウィンドー（たとえば食器棚とかガラス扉のついた木棚というか、奥行きのない薄べったい窓だけで出来た建物というか、こわれかかっている建物のタイルを張った壁の一部、それとも、ベニヤ板で作った芝居の大道具で使う窓の開いた壁といったほうがいいかもしれないが、いずれにしてもショーウィンドーは、どことなくまがいいものめいていて、臨時の間にあわせ感があって入口のガラス扉のモダンで豪華なクロームメッキを施したパイプ状の取っ手とはつり合いのとれた柵とは折り合いがつかない印象なのだ）の反対側の次週上映の二本立ての映画のポスターとスチール写真とチラシを見ようと提案する。

銀星座は昭和二十年の春、このあたりを、飛行機工場を爆撃したついでにといった調子で空襲されて、あたしはもともとこの町の子じゃないし、こっちに来たのは終戦後なのだからよくは知らないけれど、と女の子は言ったのだが、母親はこのあたりは空襲を受けなかったし、銀星座は隣りの町にあった映画館というか旅回りの一座の興行もやる芝居小屋でもあって、メトロとはまったく別のものだし、経営者も違う、と言うのだ。旅回りの田舎芝居の一座や娘義太夫（と言っても、たいていは年増義太夫）や浪花節もオペレッタとか流行歌の公演や宝塚風ともなんとも言えないバレーもあったけれど、そういう実演と映画上映をしている劇場で、あのあたりは空襲にはあっていないと笑うのだ。

　中央駅を出た運河沿いの工場は飛行機か戦車の部品の歯車だかネジだか何かを作っている工場だったから空襲でやられたけれど、映画館のある町は駅と運河をはさんで反対側だから、昔のまま残っているし、あたしはそこで宮城千賀子が狸御殿のきれいな若君をやる映画よりもっと安っぽいちゃちなベニヤにペンキ塗りで出来た御殿の装置の実演を見に行ったし、メトロでも、オリオン座でもピカデリーでも白鳥座でも上映しなかったベティ・デイヴィスの映画を見に行ったのを覚えてないかしら？　空襲で焼けた中央駅はまだ仮りに建てただけの小さな駅舎で、工場の跡地も、建物の土台と焼けたレンガの壁が残っていて、私たちは電車を降りて運河と工場跡とは反対側の方に歩いて銀星座へ行ったのだ。

すると、突然、光の波が私を押し包んだ。
プルースト『サント＝ブーヴに反論する』

二本立ての映画を両方とも見ることにすると三時間近くになるし、間に上映される予告篇と短篇マンガ映画とニュースや商店街の店の広告のスライド写真（洋品屋の女主人と店員が、クリスチャン・ディオールの去年のニューモードのHラインを真似た丈の短いコートにタイト・スカートで、モード雑誌のモデルのように、ウエストを少しひねって、右足を膝のところで軽くくの字に曲げ、爪先を立てて、パンプスをはいた足の甲を正面に見せる立ち方で、ツンとアゴを上げている）の映っている時間を入れたら、三時間半にはなるから、ベティ・デイヴィスの映画だけ一本見て帰れば夕方までには家に戻れるし、料金だって割引きされるし、あんたは小さいから映画館だって、電車だって無料だし（そのかわり、膝に乗せてなければならないけど、混んでいなければ座席一つずつ使ったっていい）、隣りの町へ映画を見に行くのは、贅沢をしているわけではなく、とっても経済的なのだ、と母は言うのだ。ベティ・デイヴィスは、多分南部の大金持の驕慢でわがままな、いつまでも若さを失わない美貌とスタイルを誇る奥様で、夫は大きな船会社の経営者だ。沢山の客船や貨物船を所有していて、客船はもちろんヨーロッパの定期航路の豪華客船も含まれているのだが、なぜか、その美貌と才知と財力をヨーロッパの社交界で発揮し、試してみるという「孔雀夫人」のような道を選ばないどころか、ニューヨークにさえ行かず（不思議といえば不思議なのだが、そこがメロドラマ的に薄められた南部のヨクナパトーファ的な土地の特質なのかもしれない）、地方都市の社交界の女王のように君臨している。金持ちで容姿端麗なブロンドの男女の集うヨットやテニスのクラブ、慈善舞踏会（海の波のきらめきと周囲にハレーションをおこして輝く真っ白な雲、白く眩しいテニスのクラブ・ハウスの建物、高い天井のシャンデリア、泡立つシャンパングラス、むき出しになった女たちの白く輝くなめらかな丸味をおびた肩や腕と、無限に柔らかなのに張りのある鋭いきぬずれの音をたてているのに違いない――映画のスクリーンから、しゅるしゅると蛇がすべって移動する時のような、もちろん、それ自体聞いたことなどないのだが――絹のドレスが揺れ、髪や首や腕に飾られた――イミテーションの――宝石がきらめく）といった限られた世界、言ってみれば偽りの花園から、ベット・デイヴィスは一歩も外へ出る気はないらしいのだ。もちろん、私は退屈しはじめる。この全部が白と黒の光と陰影で出来た世界には、馬もカウボーイもインディアンも土煙も硝煙も映らないし、映画館の開け放した窓に吊された重い赤と黒の二枚の布地を縫いあわせた遮光カーテンはどんよりした湿った空気を吸って垂れさがり、廊下の奥の便所からアンモニアの臭気と、ノシイカや薄荷味のドロップや、代用品のアミノ酸醤油の匂いのするせんべいやアイスクリームに入った安っぽく甘ったるい匂いの香料、それから、薄明るい暗がりの中の人々の汗や整髪料や化粧品の匂いが混りあい、スクリーンの中では、父親（ベット・デイヴィスの夫だ。妻に裏切られる役が得意なクロード・レインズ、と母が小声で説明してくれる）が、厳めしく重々しいインテリアの社長室を母親に連れられて訪れた娘を、朝露が宿ったままの新鮮な摘みたての淡いピンクのバラの蕾が花園からとどいたようだ、と微笑んで娘の頬にキスをし、画面はそれを見ているベット・デイヴィスが唇の端をビクリと微かに痙攣させ、大きな眼を見開いて、若さに対する嫉妬をむき出しにして不快感を表わす短いクローズアップが差しはさまれる。クロームメッキの柵をバレーの練習場のバーのように握って、まるでバレーの練習をしているように柔らかな体を動かしていた女の子は、メトロの次にスチール写真を見る必要があるのはオリオン座だと言い、ダンス・ホールと救世軍の建物の間の狭くて汚いゴミだらけの悪臭のする路地を抜ける近道を教えてくれる。電車通りで車にはねられた猫の死体を誰かがこの路地に投げ込んでたり、酔客が立小便をしたり反吐を吐いた匂いやネズミの小便の匂いが染みついていて、そこを通りぬけるのはいやだったけれど、息をいっぱいに吸い込んでから鼻をつまんで息をとめて走って、広い通りに出てから溜め込んでいた息を思いきり吐いて、私たちは声をたてて笑う。ベット・デイヴィスは、自分の失われて行く若さや美しさと反対に、まるで自分の肉体から生気を奪うように日々美しく成長する娘（しかも、娘は自分があと少しで完璧に花開く、誰の眼をも奪う美しいバラだということを知らないので、その自然で気取りのない飾らない振舞いが、より一層美しさを輝かせる、といった感じ）に驚嘆し、脅威を感じる。ジュリア（娘は夫の死んだ母親の名前を与えられている）は、産み落されてすぐに、生母から見捨てられたかのように乳母に育てられていて、形の良い張りのある乳房が授乳のせいで形崩れするのを嫌った若い驕慢な母親は、実際に母乳の出が悪くもあり、夫は乳母に娘を育てさせることに反対したのだが、海難事故で乗客の命を守って船と共に命を捧げた船長の残された若い妻が乳飲み子を抱えて未亡人になったことを知り、彼女を乳母としてやとうことになって、ジュリアは、優しく聡明でつつましい乳母の手で、男らしい船長の遺児と共に育てられたのだったが、もちろん、映画なのだから、若くハンサムで際立った特徴のない立派なたくましく優しく誠実な青年に成長した乳兄妹（最初は本当の兄と妹のような愛情を抱きあっていたのだが）との間にいつしか真の愛情が芽生えるのだった。

その映画なら、あたしも見たけれど、オリオン座で見たのだと女の子は言いはり、私は別にどちらで見たのだとしてもかまわないし、もうずいぶん昔、滅多に乗ることのない電車に乗って映画を見に行ったことがあって、ベティ・デイヴィスが主演のメロドラマを見た後、その町のパン屋の奥の喫茶室でフランスパンの一切れを二度焼きしたラスク（かビスコット）を甘いミルク紅茶にひたして食べたのだった、と彼女に告げる。女の子は、ふうーん、とうなずき、たしかに映画を見ると、手に汗を握ったりハンカチを濡らす程の涙を流すせいで咽喉がかわく、と言い、私は曖昧にうなずきかえす。女の子は国防色というかカーキの米軍の軍服を仕立て直したらしいウールの寸法が合わなくて見るからに脇の下が小さすぎてきつそうなキチキチの上着を着ていて、オリオン座の前にやって来ると、ポケットから板チョコを取り出して半分に割り、少し小さい方を私に渡して食べるようにうながすのだったが、それで私は初めて、その女の子とついほんのちょっと前にメトロの前で会っただけなのだということに気づく。知らない人（私より年が上だということは確かだけれど、でも、まだ子供にすぎない女の子のことを、人というだろうか）に物をもらってはいけないことになっていたし、どこかに一緒に行こうと誘われても絶対について行っては駄目で、この町でおきた事件ではなかったはずなのに、子供なら誰でも、自分の通っている小学校ではないまでも、同じ町の別の小学校（南、北、東、西、それにずっと町の中心部の城跡から外れた城南、城北、城東、城西）のどこかの便所の汚水槽に変質者に殺された女の子の死体が浮かんでいたのだ（顔を下にして）と信じていたのだから、知らない女の子と一緒にいるということは、いいことなのか、悪いことなのか、と言ったって、私たちは、メトロのショーウィンドーの前のクロームメッキのパイプ状の柵の前（女の子はバレーのポーズをとって、フランス語で一、二、三は、アン、ドゥ、トロワ、と言うのだと言う）で、私は鉄棒に半ズボンをはいた片脚をひっかけて回転する時のように、両手でクロームメッキのパイプを順手で握り、腕をぐっと伸し力を入れ体を持ちあげて片足を曲げひかがみで金属の棒をはさみ（そうすると少しゆがんだ半球の形をした膝頭のすり傷のカサブタが広がり、暗い紫色がかった赤茶色の粒々した軽い粉のようになって剝がれる）、体を前後に軽く揺すり、ガラスのショーウィンドーに飾られた、スチール写真を眺めながら話しをしていたのだから、お互いの名前は知らなかったけれど、知らない関係というわけではなかったのだ。

　四角《よすみ》を細い銀色の虫ピンで黒いラシャ地を張った板にとめてある四つ切りのカラー写真（金色の十ミリくらいの直径の平たい画鋲で、どこか雑な感じでとめてある写真もあるけれど、映画の中心的な主題に関わる美しく撮られてプリントされたカラー写真の場合は、写真に小さな四つの汚点のような傷がつかないように、蝶々の羽の華麗さをそこなわない細く目立たない針のような虫ピンが使われるのだ）には、まだ見ていない映画の中の室内が写っている。窓辺に沿って掛けた黄色いカーテンが、どっしりとした金色の光を柔らかに通して、開け放されたフランス窓の外は朝露に濡れた木立ちと芝生が画面の奥まで続き、別の写真——こちらは白黒だ——を見て想像すれば芝生の先には田園を流れる小川があるのがわかるのだが、朝の金色の光が優しく照し出す部屋には裾の長い細っそりしたドレス姿の女が、絹の派手なプリントのある部屋着を着て口ヒゲを生やして、整髪剤できちんと整えた頭髪の一束が、はらりと額に落ちかかった男の腕の中にぐったりと抱かれて顔をあおむけ、恋に酔ったというふうに男と見つめあい、明かるいブルネットの顔を取りまいている巻き毛に宿った朝露の玉がまるで黄玉《トパーズ》の後光《ハレーション》のように光り、私たちは、それがどういう状況なのか（もちろん、二人は恋に酔いしれているのだが）知ろうとして、ショーウィンドーの中に貼ってあるワラ半紙をタテか横に半分に切った大きさのチラシに小さな活字で印刷された〝あらすじ〟を読むために、身をのり出す。弟のふりをしてあたしの後についてくれれば、あんたはチビで、小学校入学前の園児か幼児に見えるから無料《ただ》で映画館に入れるから、子供料金一人分が浮くことになり、それでアイスクリーム二人分が買える、と女の子は言い、私たちは午後の授業のない水曜日、給食を食べた後で映画館の前で待ちあわせる約束をするのだが、そこにはちょっぴりではあるけど、ちょっとした〝不正〟の匂いがしたので、私たちはもちろん誰にもそのことは言わないという無言の約束をかわし、たくましいハンサムな青年に成長した乳兄妹は、ヨットの操縦の大好きな潮風の匂いのする男なのだが、ジュリアの父親が期待していた商業航路の船長になる道を選ばず、海軍士官学校に進み、夏の休暇に親友のハンサム・ボーイを二人つれて故郷に戻ってくる。美しい〝妹〟とはまだ婚約はしていないが、この夏こそそのチャンスなのだ。たくましく育った亡き夫にそっくりの自慢の息子（夫役の男優が髪型とメーキャップを変えて父と息子の二役を演じている）を、つつましく気丈な美しい母親（一人分のはずのお乳で二人の赤ン坊を立派に育てた能力のある）は満ち足りた慈母の微笑みを浮かべて優しいまなざしで見つめ、美しく成長した娘と青年の将来に夢を抱いているジュリアの父親は、心暖まる母子の姿の好ましさを、つい、わが妻の社交界の女王ぶりと比較してしまうのだ。彼は自分が娘の乳母に強く惹かれていることを初めて意識する（私たちは、とっくに知っていたのだが）。妻が、テニス・コートで娘とペアを組み、短いスコートからおし気もなく太股をあらわに、若い海軍士官候補生たちを相手に年増女の蘭麝《らんじゃ》の色気を振り撒いて魅了し（〝あらすじ〟にはそう書いてある）自分のおとろえつつある色香が、娘の匂い立つような若さにまだ負けないという手ごたえを摑もうとしているのを見るにつけ、苦々しくあわれだし、清純で素直に育った娘がかわいそうでいとおしく、おだやかな微笑みを浮かべて息子を見つめている未亡人とふと眼があい、彼女は優しく微笑んでうなずきかえすのだが、もちろん、それを見逃すベット・デイヴィス（あの、顔からはみ出して落ちてしまいそうな大きな眼はなんのためにあるのか）ではないのだった。失われつつある若さと美しさに執着する母親の最大の敵は、もちろん「白雪姫」の昔からかわらない、若い〝娘〟だから、彼女は娘の恋人（その母親に夫は強く惹かれているのだ！）を誘惑して、何もかも一ぺんに最悪のかたちで関係を壊わしてしまおうと邪まな狂気の計画をたくらむのだが、なにやらよくわけのわからない熱病にかかり、生死の境をさまようことになる。もちろん、娘と乳母の善良な女性二人は、意識を失っている重症の母親を看護婦だけの手にまかせず、幾夜も寝ずに手厚く看護し、二人の女性が疲れきってソファで仮寝をしている間にベットは意識を取り戻し、画面に顔は映っていないのだが、もどかしい不安に怯え震える声で看護婦に手鏡を持って来るように言い、深いとまどいを浮かべた表情の看護婦に拒否されて、ますます自分の容貌におこったかもしれない異変を察知して厳しい口調で命令するので、看護婦はおずおずと手鏡を渡し、白いデシンの横皺一つないネグリジェの胸もとや首のまわりをあわただしく探る手が映るだけで、顔は映らないカットに被って、絶望的な嘆きと怒りの混りあった悲痛な絶叫が響きわたる。命をとりとめた彼女は、変りはてた、病みおとろえた老醜の顔をヴェールで隠してひっそりと生きて行くのだろうか。

　ラスクをコンデンス・ミルク入りの紅茶にひたして口に入れ、母親は、ドイツからハリウッドに招かれた女優が、頬にくぼみのような陰影を作って顔を細っそりシャープに見せるために、両方の奥歯を二本抜かれたという話しをする。でもそれは嘘だと思う、だって、あたしは虫の喰った左の下の奥歯を抜いたけど、顔の形が変ったりはしなかった、もっとも、頬っぺたの肉づきが良すぎるせいかもしれないけれど、と笑い、映画の中でベティ・デイヴィスが顔を画面に見せないまま、病床のある大邸宅の二階の寝室に呼び寄せたのは、ハリウッドの女優のメーキャップをする一流の女性的な男の美容師たちなのだ、と説明する。二階へ通じる豪華な装飾の手すりのある階段を彼等がまるで伝説の聖杯を捧げ持つ騎士の行列のように様々な荷物をうやうやしく捧げ持って上って行くシーンと交互に金髪の何種類ものスタイルのカツラの手入れをする、ウエストのぴっちりした白衣を着た美容師の助手の娘たちが映り、娘たちはてきぱきと何種類ものツケマツ毛や口紅やマニキュアや何種類もの化粧品や様々の美容器具を準備し、衣装係りが念入りに体の欠点をカヴァーするポイントをチェックし、病みおとろえた容姿に瑞々しさを取り戻す魔法のように施術がいくたびも行われ、まるで、こうやって、スクリーンの非現実的な美女は人工の極致の偽りの花園の中で作られ淡い月光を浴びて輝く黒蘭のようなスターになるのだということを、暴露しているようじゃないの、と母は言うのだ。

運河のような淀んだ暗い流れのふちに柳の並木があり、一帯は活気のない飲食街だった。実さい幽霊の出そうな柳だった。

後藤明生「高崎行」

私は救世軍とダンス・ホール（〝サクラメント〟というふざけた名前の、と言って母親が言葉の意味を教えてくれる）の間の路地がまだあることに少し驚いて、それにSacramento という文字を筆記体にした桃色のネオンサインがまだ残っていて、明かるく輝いているなどとは思ってもいなかったので、ここからすぐ近くの運河（一体、何を運ぶための運河だったのか私は考えたこともなかった）に溜った汚泥の腐敗した悪臭と運河の河岸の柳の並木の根元の犬の小便の匂いが混り、ダンス・ホールの換気口から断続的にもれてくる〝ブルー・ムーン〟の甘く感傷的なメロディーを聞きながら、オリオン座への近道を抜け、あの女の子と映画を一緒に見る約束をしたことを不意に思い出して、映画館の前へいそぐ。〝秘蹟〟を受けるかのように。

　彼女の姿は見えず、映画はもう始っているので、いそいでチケットを買ってホールを通り抜け、詰物をして赤いビニール・レザーを張った防音扉を押して上映中の場内に入り、大荒れの海の白い大波にもまれた小さなヨットに一人で乗った若い娘が、そこにはいない主人公の若い画家にむかって助けを求めるのだが、ヨットは波に飲みこまれてしまう画面を見ながら、スクリーンの光と映写機から発する光線のうすぼんやりした光をたよりに、一番後の席が並んでいる列の手前のクロームメッキのパイプの柵にもたれて映画を見ているいつの間にかすっかり背丈の伸びて大人びて見える女の子の姿を見つけ、近くによると彼女はチラリと顔を見てうなずき、私はゴワゴワした紺のサージのひだスカートの脇のスナップを指で外してそっと手を差し込み、つるりとした丸いお尻の湾曲にてのひらをすべらせる。

昇天

左右どちらの眼でもウインクをするのは、苦手というか、上手く片眼だけ瞑ることが出来ないのだけれど、絵葉書きの白黒に彩色をした人造天然色写真に写っている黄色い金髪の若い女は、桃色の壁紙を背景に、左手で頬を支えて、右の眼のまぶたをきれいな形に閉じているのに、ほとんど、顔には片眼だけを瞑った時に出来る皺もないし、閉じた眼の側に頬の筋肉ごと唇がひっぱりあげられて歪むこともなく、ボタン色に塗られた唇の両方の口角をほぼ均等に桃色の円形の斑点のように見える頬紅を塗った頬に釣り上げて（白い前歯がわずかにのぞいている）、にっこりと微笑んでいるので、私たちとしては、なにか目ぶたに操作がされているのではないか、という疑いを持ったのだった。開けている方の眼が大きすぎるし、顔には皺一つないのは、不自然すぎはしないか？

　ジョン・フォードとかラオール・ウォルシュとかロシュフォール伯爵の場合は、もちろん黒い皮革《かわ》のアイパッチをしているから話しが別だけれど、丹下左膳を演る俳優は、眼を閉じたところに、眉毛にかかるように切り傷の跡の形で絆創膏を貼ればいいから、簡単だけど、この金髪でスミレ色の瞳の若い女の人（女優なのだろうか？）のウインクは上手《うま》すぎる気がするのだ。映画雑誌で見た、洒落た口ヒゲをはやしたクラーク・ゲイブル（紳士のようなきちんとしたペンシル・ストライプの背広にネクタイ姿）がウインクをしている写真が語るように、好き嫌いは別として、男の映画スターというものは、ウインクをするにせよ微笑むにせよ、もちろん、と、彼女は大人っぽい気取った口調で読みあげる。

もちろん、たった一人のわたしに向って微笑み、目くばせをしている（これはぼくたち二人だけの秘密だよ、という甘美で刺激的な含意のある）と世界中の女のファンたちを夢見させる（一夜でも、永遠でも——。どっちも、恋の時間としてはくらべるのがむつかしい程充分にロマンチックなのだから）実力《パワー》がなければ、ハリウッドでは王様《キング》とか大スターとは呼ばれないのだけれど、男優たちの場合、顔の皺、ことに目尻の皺は、良き父、良き夫の優しさのあらわれとして（上着やズボンについた皺は絶対に駄目）男性的魅力の一つなのです。

いわゆる、積み重ねた経験による人生の年輪とか、信頼するに充分な自信、わけても、微笑と共に生じる眼尻の柔和な扇の骨のように、日焼した顔（元手のかかっている、よく手入れをされた庭のように美顔術師の神経の行きわたった綺麗でなめらかな小麦色）の側面に向って広がる小さな皺は、そもそも笑い皺と呼ばれているのだし、知的な深い思索によって刻まれる額や眉間のものより、はるかにセクシーと言えるでしょう、と彼女は映画雑誌を読みあげるのだが、声はだんだんゆっくりと引きのばされて、くぐもった眠むた気な調子になり、やがて、ＦとＨとＡとＯの音がそよ風のように大きく開いた口から、薄荷糖のにおいと一緒になって何度ももれて、あくびをするとさっきまで食べていた薄荷糖のせいで、口のなかがスースーする、と言って笑う。

「今日は七月十七日、すばらしい天気だ。ベンチに腰掛けて、子供たちがよくするように戯れに片目を閉じてみると、大きさの感覚が乱れて、庭の雛菊が、真向かいに見える道の向こうの野原にぴったりと張りついてしまったように見える。」

　退屈な長い午後の平板なあかるさの中で、ここから海は見えているのに、砂浜のある海水浴場までは遠いので、私たちは南に面した広縁に寝そべって本や映画雑誌を読んだり、宿題の一部に少し手をつけたり、途中で夢想がまざってふくらむまだ見ていない映画の筋についておしゃべりをしたり、学習雑誌の附録を組み立てた紙製のピンホール・カメラで濡縁から海や、庭のカンナやヒマワリの花の写真を撮ったり、広縁の西側に置いてあるこわれたキーのあるオルガンを弾いたりもするし、手紙を書いたり（もちろん、家族にあてて、元気に夏休みを漁村の丘の上の家で過している、といった内容の短いハガキを書いたりするのだが、彼女は茶色い革の表紙の小さな和英辞典をひきながら、ハリウッドのスターにファン・レターを書き、もし、あんたが、アラン・ラッドとかミッキー・マウス——それとも、ドナルド・ダック？——にファン・レターを出したいのなら代筆——もちろん、英語で——してやってもいい、と恩着せがましいというよりは、何かを宣告するような重々しい調子で言うので、そういった「スター」にファン・レターなど出すつもりはまるでないのに、すっかり尊敬してしまう）、ラジオでポピュラー音楽を聴いたり、それから、白いブロードの無地のステン・カラーの半袖ブラウスに花の刺繡をする。〈なんでもない平凡なブラウスが、あなたの刺したお花の縫い取りで、素敵な春のおでかけスタイルに〉変わるのを期待して——。

　どことなく背景の遠近がおかしいので、桃色の花の模様の壁紙のように見えるけれど、よく見ると本当は、咲き誇る満開のアーモンドの花で、水色のリボン（もちろん、本絹のサテン）を黄色い縮れた髪に飾ったウインクする娘は、カリフォルニアのミス・アーモンドなのだと、彼女は説明するのだが、もちろん、出まかせを言っているのだということは私にもわかる。ミス・アーモンドの名前はリリイで、戦前（アメリカと戦争がはじまる前）、カリフォルニアの果樹農園で働いてついには農園主になったジョージ（漢字では譲二）叔父さんと婚約していたのだけれど、戦争のせいで二人は仲を裂かれてしまったのだ。戦前、叔父さんは、太平洋の荒波に揺られる船底でもこわれる心配がないように作られた頑丈な木箱に入った、輝く太陽の楽園で育った小さな黄金色のお日様のような、すごく香りのいいオレンジとレモンを送ってくれて、その箱の中には、あたしたち姪の女の子たち用に、シナの扇子職人特有の精巧な作りの桃色に透きとおったセミかトンボの羽のような絹を張った扇子と、薄紙細工の、開くと薬玉のような花がこんもりと咲く折り畳み式になっているハチの巣《ハニカム》状造花と一緒にこの婚約者のミス・アーモンドの写真が入っていたのだった、と、白いブロードの丸襟で透明なプラスチック・ボタンの何の変哲もないブラウスの胸に自分の名前にちなんで雛菊の刺繍をしながら菊子は話してくれるので、私は、それでは〈おじさん〉というのは、この家の〈おはあさん〉の子供なのかと考えるのだが、そもそも（誰に説明されても）、〈おはあさん〉という年を取ってしなびた皺だらけの女の人が私とどういう関係なのか、菊子とどういう関係なのかよくわからない。

説明抜きの唐突さで、住んでいる地名らしきものと、男か女かも判断のつかない名前の最初の二文字に「さん」や「ちゃん」を付けて呼ばれる、見たこともない人たちの無数の人名が交錯し、人名たちはいろいろな土地（もちろん、一番遠い土地はアメリカのカリフォルニア）へ渡り、戦争で死んだり、結婚したり、戻ってきたり、養子に行ったり、再婚したりを単調に繰りかえすので、とても覚えられないし（覚えるつもりは、最初からないのだが）、途中からただの耳障りな騒音にしか思えなくなってしまうのだったけれど、私は母が〈おはあさん〉と呼んでいる、どういう関係の人なのかよくわからない〈おばあちゃん〉の家で、もちろん、親類ではないので、イトコとかハトコという関係ではないのだという菊子と、彼女の言い方では〈一夏を共に過す〉ことになる。

もう学校になんか行ってない、と気取った言い方で言い、幾つだと思う？　と自分の年齢をあてさせようとするので、私は正直に、わからない、と答える。家の近所には、どの家にも若い娘たちというか女たちがたくさんいて（美容院や洋品店には何人もの娘たちが住み込みで働いていたし、店をやっていない家では、山の奥の村や海辺の村からやって来る若い女中たちが住み込んでいたし、どの家も子沢山なのだ）、お嫁に行くか、東京の女子大や短大や洋裁学校に入って、いつの間にか、もしくは突然という印象で姿が見えなくなる娘たちもいたけれど、制服を着て学校へ行ったり、銀行や小さな事務所や幼稚園やバス会社で働いていたりしているかなり年上の彼女たちの年齢のことなど考えたこともなかったのだが、それでも自分のことを考えると、もうかなり長いこと（そう、もう十年も！）生きてきたような気がするのだ。

ミス・アーモンドと婚約していたアメリカの叔父さんが本当に計画していたのは（夢見がちの自惚れ屋の愚か者とみんなには思われた）、『支那の鸚鵡』や『バグダッドの盗賊』のソージン・カミヤマや、『チート』のセッシュー・ハヤカワのようなハリウッドスターになることだったのだけど、演技を学んだことなどなかったし、そればかりか、剣道とか柔道とか茶道とか生花とか、そういったアメリカで売り物になりそうな、シナもジャパンもコーリアも一緒くたにしたオリエンタルな素養もなかったし、タップ・ダンスとか乗馬とか綱渡りとか手品とかの特技も持ってなかったし、英語だって田舎町の旧制中学の教師（松江の中学で小泉八雲に英語を習ったのが自慢だった教師の教え子が師範学校の同級生だったことを、ことあるごとに口にして、八雲のことを、ハーン先生と呼ぶのだ）に、習っただけなのだからまず現地で習うより慣れろ方式で習得する方針で、口は達者だったから、サギまがいに親類中からお金を引き出して、ヨコハマの港から船に乗って、異人さんの国へ行っちゃった、というわけなのだと菊子はとても上手に語る。

本で読み、映画でも見たことのある異国（でも、そこでは世界から色彩が奪われていて、白と黒のまばゆく輝く光と闇があるだけ）へのあこがれは、と、叔父さんの姉である私のお母さん（近所でも評判の美人で、おまけに頭の良い、いわゆる才色兼備の恵まれた人だっただけに、文字通り美人薄命の早死で、私は母恋しさに毎日毎日、泣き暮し、そうこうしてるうちにあっという間に二年がたち、ある日、新しい母親だという女の人が家にやってきたのだったけれど、それはまた別の話し、）は言うのだった。

そういったあこがれは、あてどもなく儚い愚かな、いっときの夢、と考えるのが普通なのだけれど、わが家の場合、そもそも、父さんという人がアメリカへのあこがれの強い人だったので、あたしのシズコという名前は、本当はサンフランシスコから取った濁点なしのシスコと付けたのに、シスコでは、なんだか間が抜けた響きで通りがわるく、いつの間にか、静子や志津子といった漢字を勝手にあてはめてシズコと呼ばれるようになってしまったものなのだし、叔父さんの名も本当はカタカナでジョージなのに漢字で譲二とか、襄二と学校では勝手に書かれたと言うし（長男が生れた直後に死んだので、家には男の兄弟は一人しかいないけれど、ジョージ叔父さんは長男ではなしに次男なのだ）そのせいで、ようするに親の代からの、ロマンチックな異国への強いあこがれ（ここではなく、別の場所へ！）のせいでアメリカへ行ったのだと説明してくれたのだ、と菊子は白いブロードのステン・カラーの半袖ブラウスの胸に何通りかのそれぞれ色味の違うピンクのサテンのような光沢のある糸でデイジーの刺繡をしながら、いろいろなことを思い出してというより、思いついて、話しつづける。

　もちろん、デイジーは春の花だから、ブラウスをこれから（夏から秋のはじめに）着るためには、別の花、いかにも夏らしいヒマワリとか、秋のコスモスや、自分の名前どおりの菊の花を刺すのがいいかもしれないけれど、菊というのは、菊人形にしても、乱菊にしたって、大輪のなんだかんだと御大層な銘のついたものにしても、なんだか、野暮ったいじゃないの、シナの絹織物の地紋や刺繡の図柄にしても、着物の柄にしても、最中の皮とか、みじん粉の打ち物や生菓子にも菊の模様はあるけれど、なんか重々しいというか古めかしいというか（封建的？　と私が言うと、菊子は、それはちょっと違う、と、もっともらしく眉根に皺を寄せて首を振る。ここの人たちは、新しいものやアメリカのものを全部ひっくるめてハイカラって言うけど、ハイカラなんて、明治時代の言葉だと思う、明治時代なんて、あたしに言わせれば封建時代だけど）モダンじゃないし、何しろ菊なんて流行の柄ではないし、マーガレットやデイジーはロマンチックだし、ヒマワリだって、素敵だけど、最中や菊人形の菊は絶対駄目。ブラウスの刺繍は、ヒマワリにすべきだったかもしれない。デイジーは春の花だからヒマワリの刺繍だったら、八月いっぱいまで着られるし、図案ブックに気に入ったデザインがなかったとしても、中原淳一の絵を参考にすればいいわけだから。でも、ヒマワリを刺すのには、花弁の黄色と、それが最大の特徴の大きな丸い花の芯の部分（幼稚園の子供の描く絵では、それは格子状になっていたり、いく重ものグルグルまわっている円だったりする）を刺すのに必要な茶色とコゲ茶色の糸が必要で、茎と葉を刺す緑の糸はあるけれど、黄色と茶色とコゲ茶色の刺繍糸を一束ずつ買いにバスに乗って町まで行かなければならないし、もうここまで出来上っているデイジーのブラウスが無駄になるような気もする。でも、町へは出かけたい、毎日毎日、ただ青いだけで何の変化もない（波は白いけれど）退屈な海を眺めて、三食とも魚のおかずばっかりで、あきあきだし、何かちゃんとしたおいしいもの（白いお皿に盛りつけられたカツ・ライスとかハムやチキン・カツのサンドイッチ、それにコーヒーとアイスクリーム）を食べて、映画を見る。映画を見てから、食べてもいいけれど、お腹が一杯になって映画を見ると、どうしたって途中でマブタが重くなる。新聞に入ってきた映画館の広告用のチラシ（町に三館ある映画館の一ヶ月分の上映プログラムと、喫茶店やレストラン、洋品店、本とレコード屋、料理屋、キャバレーとバーの広告も載っている）に書いてあるイタリアの映画が見たいのだ、と彼女は話しつづけ、庭の先きに広がる急勾配の斜面に重なりあって建っている灰色がかった黒の瓦屋根の家の向うに広がっている、ただ青いだけの退屈な海（キラキラと銀青色に輝きつづけ、白い波頭がおだやかにうねり、丘の斜面の家々の庭に植えられた樹木の枝が風にざわめき、庭のダリアとカンナとケイトーの花が日の光を反射させ、私は眼を細めて、そうしたものを、おそらく、ゆっくりと味わいながら眼で食べる）はたまらなく気怠い眠む気を誘うだけだ、と言う。

もちろん、私たちは〈それぞれの家の特種事情〉で、一夏の間ここで暮すことになったのだけれど、私の〈事情〉は母親が病気で入院したからで、〈おばあさん〉とまぎらわしい〈おはあさん〉の家には、もっとずっと小さかった頃、まだあんたが赤ン坊だった頃も含めて、夏の間世話になったことがあるし、〈おはあさん〉は母さんが子供の頃、女中というわけではないし、親類というわけでもないけれど、父さんの生家（養子先きの家ではなく、実の親の家）のお父さんの後妻に来た人の兄さんの娘で、ジンジョー小学校の五年生の時に母親が死んで、女手のない漁村の家から、どういうわけなのか家にやってきて（あたしが幼稚園の頃だったと思う）面倒を見ることになって、長いこと家で暮して実践女学校に通っていたのだけれど、漁師の父親が中風になって面倒を見るために村へ戻って、その頃の子沢山があたりまえだった田舎では珍しく一人っ娘だったから、同じ村の漁師の三男坊を婿にとって家を継ぎ、お婿さんは捕鯨船に乗って南氷洋まで行って長い留守になるから、その間、〈おはあさん〉は家にも手伝いにきていた事があったし、いろいろな所へ稼ぎに出ていたのだと母親に説明されていたのだったが、説明の話の中に登場する人物を、私は母と〈おはあさん〉の二人しか実際には知らないので、まるで何か、登場人物だけが多くて訳のわからない混乱したおはなしを聞いているようなのだ。

〈おはあさん〉の捕鯨船乗組員の夫の写真ならば、仏壇に死んだ人たちの写真とオイハイが飾ってある仏間と呼ばれているお線香のにおいのする、いつもフスマが閉った部屋の戸棚に飾られているのを見たことがある。仏壇ではなく、隣りに置かれた戸棚の上に飾ってあるのだから、もちろん〈おはあさん〉のダンナさん（いかにも、日に焼けた漁師顔をしている）は死んではいないのだと菊子が言うのだが、私にはよくわからない。でも、一年の半分以上留守なのだから、まるで未亡人と同じではないだろうか、と感想を述べると、菊子は、それはそうかもしれない、と真面目にうなずく。写真の入った額の飾ってある戸棚には、荒波が白く盛りあがり逆巻く海や、凍りつく南氷洋と、いろいろな海で泳ぐ鯨の写真の載っている本（鯨の骨からは、西洋で婦人用コルセットやスカートをふくらませるためのフープが作られた、といったようなことも書いてある）や捕鯨船の立ち寄った港の土産品の数々、ヤシの殻の丸い入れ物、大きな、内側がオレンジ色の巻貝製のランプ、首に紙の造花のレイをかけ、緑色のビニールの腰ミノをつけた桃色のセルロイドのぶっこ抜き人形、「トロイメライ」のメロディーのゴテゴテした彫金細工がほどこされた銀のオルゴールの箱、極彩色で謎めいた絵のラベルが貼られたミント・ドロップやシガーのブリキの缶、1947という年号の入った、ミス・アーモンドより新しい時代の人だということがすぐにわかる、アラブのお姫様の衣装（うすぎぬの顔を覆いつつ露出させるヴェールと、しなやかな桃色の絹のハーレム・パンツ）を身につけたモーリン・オハラのスチール写真（『船乗りシンドバッドの冒険』の時の写真だ、と菊子がおごそかに告げる）のカレンダー、水着姿の四人の美女たちが、ウインクしたり微笑んだりして四つのマークの、キング、クイーン、ジャックの役を演じていて、ジョーカーは別の全裸の美女（金髪で全裸の、かならず美女と称される若い女たちは、真紅のビロードかサテンの豪奢な光沢とドレープのある官能的なカーテンの前で、とても大きなお尻をこちらに向け、四つんばいになって突き出し、顔をのけぞらせるようにして後を振り向いている）のトランプ・カードといった物珍しく異国の香りのする、けれども、ありふれていて、誰の眼にも安物だということのわかる類いの雑多な土産品に、触ってはいけないと言われていたわけではないので、オルゴールを聞いたり（「トロイメライ」は退屈な曲だ）、ケバケバしい原色の水着の美女のトランプで、ババヌキ・ゲームをしたりもしたけれど、すぐにあきてしまう。

　鉄道のチッキに入れて送った荷物の中には、夏休みの宿題ノートの他に本も何冊か入れておいたのだが、もう全部読んでしまったし、菊子が持ってきた本と映画雑誌もすっかり読んでしまったし、小さな漁港のある村の雑貨屋に置いてあるのは、つまらない内容の新聞社の週刊誌と、料理の作り方と洋服の型紙と嫁姑問題と夫の浮気についての人生相談で出来ている婦人雑誌と小学生の読む学年別の学習雑誌と農漁村家庭雑誌の「家の光」や大衆時代小説の載っている雑誌と「明星」と「平凡」で、「映画之友」さえ置いてないのだから、私たちの読むようなものはないのだ、と菊子は言い、いつも手もとに置いてあるストロー製の赤と自然色の縞に編んだ夏用のバッグ（刺繍糸、メモや雑誌の切り抜きをはさんでふくれあがった手帖、ハンカチ、腕時計やビーズのアクセサリー、ポーチに入った化粧品やマニキュアの他に、キャラメルとのしイカ、煙草とマッチが入っている）から「いこい」を取り出して火を点け、ため息のように煙を吐き出し、煙草の煙のことを紫煙というけど、紫色になんか見えたことがない、と文句を言い、ブラウスの胸にデイジーの花をロング・アンド・ショート・ステッチと少し大き目のフレンチ・ナッツ・ステッチのヘーゼル・ナッツ・ステッチで何輪も何輪も刺繡したところで、感心してくれるのが、あんたと〈おはあさん〉だけでは正直言って物足りないし、バスに乗って鉄道の駅のある町まで行って映画を見たいのに、家の親ときたら、私にお金を持たせるとまた家出をするかもしれない（会うことを禁止されている妻子持ちのあの人——誰もが認める万人向きのハンサムではないけれど、魅力的な笑顔の持主——とまた駆け落ちするかもしれない）ので、村の雑貨屋で〈おはあさん〉のツケにしてもらって煙草とお菓子を手に入れるのがやっとで、とっても困窮している状態なのだと訴え、あんたの持っている帰りの分の汽車の切符代があれば、私たちはバスで町まで行って映画が見られるし、それ以外に、いくらかのおこづかいも持っているはずだろうから、アイスクリームも食べられるし、それだけでは足りないようだったら、雑貨屋の出戻り娘が、いつもうらやましそうな顔をしてじっと見つめて、高いんだろうね？　と言う、スイス製の南京虫を売ってもいいんだけれど、この18金製で文字盤にルビーの入った腕時計をもし売るとしたら、私はそのお金で、じゅうぶん、彼のところへ飛んで行けるのだから、それはその時の資金のために大事にとっておいて、あんたの持っているお金で映画を見に行こう。あんたは可愛いおチビさんで実際の年よりも若く見えるから、映画館はタダで入れるだろうし、こっちに来る時、お盆のお年玉だってもらってきたはずだし、夏休みの小学生のフトコロ具合は、お正月ほどではないにしても、夏にしてはあったかすぎるはずだ、と彼女は甘ったるい誘惑的な声で、有無を言わせずに承諾をせまるのだ。

　使いはたして無くなったお金については、もちろん、私も小さい時よくそういうことがあったけれど、手袋の片っぽやハンカチのようにスカートのポケットに入れておいて落してしまったのと同じことで、いつの間にか、それを少しも気づかないうちに落してしまったのだ。物を落すというか失うというのは、いつだって気がつかない間におきることなのだから、帰りの汽車賃は家に手紙を書いてお金を送ってもらってもいいだろうし、〈おはあさん〉に借りたっていいと言うので、私はすっかりその単純だけれどよく練られたように見える巧妙な計画に興奮して、承諾の意味のため息を深々と吐き、まっ青に晴れて乾燥した空気（映画や文章の中の、南フランスの海にそった丘の上の土地のように？）の中で縁側に座って、大袈裟に言えば犯罪をおかすような不安のあまり、片眼を瞑って庭と海を見つめ、強い日ざしのまぶしさにくらんだ眼を閉じてから、長いことたって、ゆっくりと開き、閉じて置いてある本のページを開いて読む。時間も雛菊のように背景にぴったりと張りつくのだ。

チビさんだもの、入場料は小学生未満の幼児と同じでタダになるはずだと言ったとおり、私の入場料はタダだったので、アイスクリームを売店で買い（白い雪を被った富士山のいかにも下手な素人くさい絵をブルーのインクで印刷して、赤い字で横に左側からスイアジフ・ムーリクスイアと二行に分けて書いてある包装紙がヘギの小さな平べったい箱に巻いてある、アイスクリームというよりミルク味のキャンディーに近い味でジャリジャリした）、はなやかな「夢の工場」ハリウッドに夫と子供をおいて、新しき時代を代表するネオリアリズムのイタリア人監督のもとへとはしった美しき勇気ある不倫の女優《おんな》を、あなたは、どう評価するか、と、映画館でもらったガリ版刷りのチラシ（映画ファンでインテリと言うより田舎のインテリ気取りの館主の息子（テーベーで大学を中退した）が書いたのだと、菊子は事情通ぶる）には書いてあって、私たちは、狂女あつかいされる彼女が、輪転機の激しい騒音のなかで印刷工たちの働く工場の入口の椅子に座ったまま、聖女のように上方へ昇天するのを見たのだが、スカートのポケットに入れた赤いもみ革のサイフには、お金がまだかなり（三枚の百円札と五百円札が二枚、それに硬貨が何枚か）残っていて、それをどう使うか、まだ何も決っていないのだ。

「今日は七月十七日、すばらしい天気だ……」は、ロラン・バルトの「南西部の光」（『偶景』沢崎浩平・萩原芳子訳）による。

呼び声、もしくはサンザシ

　もう何度も繰りかえして読んだとはいっても、もちろん、すみからすみまで丹念にというわけではないし、そもそも、はじめから読むつもりのない（まったく興味が持てないし、読んでもほとんど意味のわからない）ページの方が多い雑誌や本を読むのにあきると、空気全体が降りつづけている雨のせいで薄ねずみ色がかって湿った、薄暗い座敷の畳の上をごろごろ回転して台所の土間の方へ行き、井戸からポンプでくみあげる生水は決して飲まず、アルマイトの大きな丸い薬缶に入っている湯ざましを飲むようにと繰りかえしやかましく大人たちに言われているのだけれど、いつも堅い土のたたきが少しだけ湿った感じのする北側の戸口近くの井戸のところへ行って、グリンの錆止め塗料を塗った鋳物のポンプのとってを上下に押し、勢いよく泡立って流れ出す少し鉄くさい味のする赤みがかった水（コップに受けるというよりあふれ出る分量の方が多いし、手や腕や着ている服の胸まで濡らしてしまう）を生で飲んで、台所の板の間の壁に造りつけになっている頑丈な木のネズミ入ラズ（長いこと使っているので、煮た魚や野菜の匂いが木に染み込んでいる）の戸におっかかって、なんとなく溜息をつき、今度はすり足で畳の上へ交互に片足をすべらせるようにして、座敷に戻り、廊下の一方の端からもう一方の端まで、三部屋分の長さの広縁と廊下が、大またで歩いて何歩あるか数えたり、鉄道のチッキでとどけられた菊子の荷物の陰気なアズキ色の布団袋のハト目に通してしばるのに使われていた白い木綿の筒状に編んだロープでなわとびをしたりするのだけれど、ロープは軽すぎてなわとびには不向きなのですぐにあきてしまい、廊下の奥に置いてある音の狂ったのと押しても動かない鍵盤のある寄木細工で飾った古いオルガンを一本指で、オープリーズステイバイミーダイアナ、と弾いてみるのだけれど、もちろん、すぐにあきてしまうというより、ゆっくり一本指で弾くので、全然、ロックンロールではなくて間のびのしたメロディーは、いかにも耳障りなギシギシした歯ぎしりとも悲鳴ともつかない音を思いのほかに大きく響かせるので弾くのをやめ、もう朝から何度も見た灰色の薄物のヴェールを何枚も重ねたように重くたれこめた空と海（灰色にうねる波と鈍く広がってはいるがすぐにかすんで空ととけあっているような）と何もかもが濡れた庭を眺め、坂道を下った何軒か先の家で飼っている乳牛（白と黒のブチで、いつも足が糞のまじった泥で汚れているホルスタイン）の粘つくヨダレが混ったような湿って物憂気な鳴き声が何度も断続的に響いてきて、私たち（菊子と私）は、乳牛がエサをゆっくり反芻しながら何度もたて続けに繰りかえすゲップの青くさいというか生ぐさく複数の胃の中で醗酵した臭気と、ゲップをしながら大きな尻の穴からボタボタとたれ流す黒っぽい糞の塊を思い出してクスクス笑い、あのお行儀の悪い牛のお乳を飲むなんて考えられない（本当はちゃんと毎朝菊子か私のどちらかが、五合入りの日本酒の薄い水色のガラス瓶を持って、あけ方近くには農家の嫁がもうしぼりおえている牛乳をわけてもらいに行き、バイキンについてはやかましい〈おはあさん〉が、それをシャフツ消毒してから、良く洗ったガラス瓶に戻してザルに入れ、庭の井戸の中に吊しておき、私たちは昼食に殺菌ずみの冷たくて薄甘いミルクを飲むのだ）と言いあったりして、雨に濡れて滑りやすくなっている山道を傘をさして牛乳の入った割れやすいガラス瓶を持って歩くのは、子供には無理だというので、私は〈おはあさん〉と布団を畳んで押入れに入れ、座敷にお茶がらを撒いて掃き、臑と木綿のスカートの裾を泥はねで汚して牛乳をもらってきた菊子（足は雑巾で拭いたけれど、サンダルも泥まみれになってしまったし、あとでスカートを洗っておかなければいけない）といつもおかずは魚に決っていて、ワカメとネギとフのおみおつけと卵とキウリとナスのぬか漬けの朝食をすませてしまうと、何もすることがないのだったが、菊子は四頭の牛を飼っている農家で、桃色に大きく腫れあがったようになって青黒い太くうねっている血管の浮きあがっている牛の乳房をしぼっている（私たちは午後のサクニュウの時、乳しぼりを見せてもらったのだ）若いお嫁さんから婦人雑誌（山村の婦人相手の、と菊子は軽蔑的な口調で説明してくれる。良妻賢母向きの退屈な雑誌で、あんたのママなんかはインテリだから見たこともないだろう）を借りてきたので（濡れないようにビニールの桃色の風呂敷に包んでくれた）、廊下に座布団を敷いて柱におっかかって、婦人雑誌をパラパラめくるのだけれど、すぐに退屈してしまうので、押入れの戸を開いて、自分の持物を入れておくようにと〈おはあさん〉に渡された一閑張りの箱から、デイジーの刺繡をまだ刺しおえていないブラウスを取り出してきて、ブラウスの身頃に丸い木製の枠をはめ、淡いピンクの光沢のある糸を通してある針を、赤いフェルトの針さしからとってデイジーの小さな花びらを刺しはじめ、私は光沢のあるピンクの刺繡糸を何本も針に通して、赤いビロードの針山（金色の糸でKの飾り文字が刺してある）に刺して手伝い、広縁にすわって明かるい光の方に左手の親指と人差指ではさんだ銀色の刺繡用針を向けると、小さなアーモンド形の針穴の上のとがった山がキラキラ光るのがまぶしいので、少し眼を細めると、空と庭がぼんやりと混りあう。菊子は流行歌を、フンフンフンとフの音の続く鼻歌で歌い、途中からぼくを置いて、東京へ行ってしまった恋人をうらんで、泣いちっちと繰りかえす歌詞をつけて調子を高かめて歌いはじめる。なんで、

なんで、なんで、どうして、どうして、どうして、東京がそんなにいいんだろう、と、何回もなぜと問いかえしうらみごとを繰りかえしながら、突然、思いたったように、ぼくも行こうあの娘の住んでる東京へ、と歌う奇妙な歌について、ある人が言ったという意見――思想と言ってもいいかも、と物思わし気に菊子は語るのだった――を教えてくれる。歌の中で、娘たちは村を出て行ってしまい、赤いリンゴの実を収穫しながら娘の赤い頬を思い出して、胸が痛くなる男もいれば、娘を追って自分も東京に行こうとする若い男もいたのだったが、戦前だったら、東北の村の貧しい娘たちは、女郎に売られて行ったのだ、とある人（もちろん菊子の恋人のインテリ男のこと）は、悲し気な顔で言ったのだそうだ。

　座敷は深い軒の下の濡縁と広い廊下の奥にあるので、良く晴れた昼間でも薄暗く、夏なのにひんやりした感触が畳を踏む裸足のあしのうらに伝わる。廊下のガラス戸は開いていて、廊下側の障子のなげしにひっかけたエモンかけに、泥はねが飛んで裾の汚れた部分だけを洗った白と茶色の格子の三段にギャザーをはぎあわせて、たっぷり幅のあるスカートを洗濯バサミでとめて吊していた菊子は、このギャザー・スカートは去年の七夕の大安売りの時に買った生地で作って、三段のギャザーがフラメンコの衣装みたいですごく気に入っていたのに、今年のスタイル・ブックを見ると最新流行のシルエットはフレアー・スカート（全円形でも四枚はぎでも）だっていうんだもの、ガックリしちゃう、といい、それから、急に思いついたらしく、朝からずっと雨が降りつづいていて体をもてあまして退屈している私に、少しもったいぶった気取った調子で、奥様、お嬢様方の上品なたしなみと言われているフランス刺繡を教えてあげようか、と言うのだが、「家庭科」の授業で、縫物やローケツ染や、料理を作ったりするのは五年生になってからなのだし、第一、むつかしそうだし、と口のなかでもごもごと言って、どうするのかはっきり答えないまま、なんとなく、のぼせたように火照る頰を冷やすために裸足のまま、雨で濡れた濡縁に出る。濡縁は粘土質の土埃が濡れたせいで微かにぬるぬるしていて、灰色の小雨はけぶった霧の粒で出来た薄い布地のように風にあおられて潮の匂いと塩のまじった雨の細かな粒が顔や体にあたるので、息のつまるような感じがして、雨の微細な粒が、何を見ているというわけではないのに、灰色の湿った空間にむかって見開いた眼の表面や鼻の穴や唇や少し開いた唇の間の歯と舌の先や、マツ毛や眉毛や耳にあたり、ムズムズするのをじっと動かずに我慢しているのは面白いし、母親がいる時には、朝、ブラッシングの後で二つに分けて三つ編みのお下げに編んでもらっている髪は、昨日の夜お風呂に入った時に洗ってタオルで水気をふきとっただけなので、三つ編みの編みぐせのうねうねしたウェーヴがついて顔の両側にひろがって肩の上にたれ、雨の滴が一面にくっついて重くなり、濡れた縁側の少しぬるぬるする感触を感じながら足ぶみをすると、すべって転んでしまい、白地にブルーの水玉柄のワンピースに赤茶けた粘土色のしみがついてしまうのだったし、尻もちをついた尾骶骨も痛かったのに、興奮して庭にとびおりて水溜りの水をけちらして雨の中をかけまわり、あきれて私を見ていた菊子も大声で笑いながら、私と一緒に庭を走りまわって髪の毛や顔やワンピースも足も泥まみれになって、そう、白と黒と灰色の光で作られている映画の中の、斑模様のヒョウの毛皮を勇者のしるしとしてまとった若い野蛮人の戦士のように荒々しく、先端にジャングルの植物からしぼった猛毒の汁を塗った鋭くとがった槍に見立てた竹箒を握って右肩の上に構え、荒れ狂って、大きな鋭い牙（ハクボククらいの太さの）をむき出して襲いかかる猛獣を仕とめる、といった内容を意味している儀式的な踊り（と、アンモニア臭のまじった風が吹いてくるのと同じ方向にある音が少しひび割れたようにきこえるスピーカーから、ナレーションの声は言うのだ）を私たちは真似て激しく体を動かし息切れして、庭から濡縁にあがるために置いてある緑色がかった灰色の大きな石に腰をおろして、わざとらしく大袈裟に、荒く息をつく。

　エンコソカイでここに来た時は、〈おはあさん〉の親類の女の子やあたしの弟も一緒だったんだけど、その頃は風呂場は、庭の南西の石垣のところにある物置小屋になっている場所で、鉄の五右衛門風呂だったけれど、うちの父さんに言わせるとお寺の鐘みたいに目立つものじゃないから、キョーシツしない家が多かったそうで、あたしたちは、子供むけの弥次・喜多ばなしの漫画で読んだ、二人が五右衛門風呂に下駄をはいたまま入って風呂の底を踏みぬいてしまうという話が本当かどうか、ためしに下駄ばきで入ってみたものだけれど、鉄で出来ているのだから、そんなことはなかった、と菊子は、それはもうずっと大昔――もちろん、あんたはまだ生れてもいないどころか、あんたのパパとママになる二人の男女は、まだ、まったく見たこともない他人同士だった頃――のことだと言い、まだ昨日の冷めたお湯が入ったままになっている風呂（戦後、新しい風呂場を台所の隣りに建て増したのだが、鉄の五右衛門風呂をそのまま使っている）をあたためるために、濡れたワンピースを脱いで裸のまま台所の土間のかまどと並んでいる風呂の焚き口に薪をくべ、節穴の目立つ杉板で出来た風呂場の脱衣所に、いかにも不釣合いな印象の、白いホーローのようにぴかぴかしている円筒のかたちの電気洗濯機（一人暮しにはもったいないと思っていたのだけれど、おもいきって買ったもので、近所のおかみさんや娘たちが自転車に洗濯物を載せて借りに来たのだったが、去年の暮の大安売りで、どこの家でも洗濯機を買ったのだ）が騒々しいモーター音をたてて、泥で汚れた二人分のワンピースと私のキャラコのブルマーを洗い、菊子のナイロン製トリコットのパンティとスリップは飾り用のレースやリボンが付いていてものがものでデリケートに扱わなければならないから、扇風機の羽根のような形のものがガシャガシャと回転するカクハン式の手荒な機械などにはまかせておけないので、おしゃれ着洗い専用の洗剤ピンクエマールを入れたホーローの洗面器の中で、ていねいに手洗いしなければならないのだ。

お昼を食べた後（私たちは、四頭の乳牛を飼っている農家——自衛隊員の長男のところへ嫁に来た女の人が朝早くと午後の二度、しぼる——から買ってきて、シャフツしたミルクとトースト、庭の小さな畑で育てているトマトとトーモロコシと、乳牛を飼っている家とは別の山羊とニワトリを飼っている家でわけてもらった卵、〈おはあさん〉は目刺しとタマゴと朝のワカメとフとネギのおみおつけの残りと御飯、つけ物）、雨が降っているにもかかわらず〈おはあさん〉は下の方の知りあいの家（乳牛の家でも山羊とニワトリの家でもない）に用事で出かけていたので、ポンプ式の井戸の木のフタを開いて竹カゴに入れて吊してあるお昼の残りの日本酒の五合入りの水色のガラス瓶に半分より少し残ってる冷たいミルクを飲みながら、シーンとして雨の降る音さえ、木々の間なのか土のなかなのかそれとも空へなのか吸い込まれて行くような午後、台所のあがり口に裸のまま座ってお風呂がわくのを待ちながら、何もすることがないのは退屈だろうから――ここいらには、遊び相手になるあんたと同じ年くらいの子供がどうしていないんだろう――あとでフランス刺繍の刺し方のキソを教えてやる、手すさびに丁度いい手芸なんだよ、と菊子は、酸いも甘いもかみわけることが出来る、とでもいったふうに少し投げやりなような物言いが、本当の年齢は知らなかったけれど、実際より大人びた感じがして、泥のはねのくっついている菊子の大きな、形がいいかどうかは判断もつかなかったが、豊かに盛りあがった乳房を見て、とまどいながら、うん、と答えたのだったが、母は座布団や手さげ袋に、ウールのはぎれを切ってウサギとか女の子の後姿の図案をボタンホール・ステッチでアプリケしたけれど、図案を一針一針細かく埋める刺繍は、着物や帯を飾る日本刺繍や支那服やテーブル・クロスやハンカチの支那刺繍なんてものは、専門的な職人のやる仕事で言うまでもなく問題外とはいえ、あたしはフランス刺繍もスウェーデン刺繍も、眼も指も神経も疲れそうで、どうも好きになれない、と言うので私は、白雪姫を産む前の王妃が刺繍をしていて、ふと物思いにぼんやりした時、針で指を刺し、指からポツリとしたたり落ちた赤い血を見て、血のように赤い唇の娘がほしいと思う、という物語の出だしを思い出すのだが、それからもうかなり時間がたっているので、産れてくるわが娘が持つようにと母の願った雪のように白い肌と漆黒の髪は、それなら何を見て思いついたのか忘れてしまっている。

極く、ごく、簡単なキソチュウノキソ、と菊子はおごそかな口調で言うので、私は昔の武将の首をまつった神社かなにかをぼんやり連想し、デイジー・ステッチとヘーゼルナッツより少し小さ目のフレンチ・ナッツとアウトライン・ステッチの三つを習えば、ハンカチの角のところにピンクのヒナギクとローマ字で書いた名前の頭文字を刺繍して、それを入院しているママのお見舞いに出来るし、すごく喜んでくれるんじゃない、と刺繍を習うように誘うので、私は話しをそらそうとして、鉄で出来た五右衛門風呂に入ると熱くなっているまわりの鉄に足の裏だけではなく、体が触るのじゃないだろうか、と別の話をするのだったが、五右衛門風呂は、真下から火を焚くので底が熱くなるけれど、まわりはそんなに熱くならないのだと菊子は言い、私は曖昧にうなずいて、何度かたてつづけにくしゃみをする。

お風呂で体と髪を洗い、カクハン式の電気洗濯機で洗った二人分のワンピースとブルマー（と、ちゃんとていねいに手洗いした透きとおったレースと細かいプリーツ加工やリボンの飾りのついたスリップとパンティ）を廊下に干してしまうと、一閑張りの箱に畳んでしまってある別のワンピースに着がえて、私たちは少し残っていたミルクを入れた甘い紅茶を飲んで、〈おはあさん〉が下の方の農家でもらってきた、灰色がかった色で水っぽくベシャベシャしたノーリン二号という種類のサツマイモ（まずいので有名なおいもだから、食べなくてもいい、と〈おはあさん〉が言う）を少しだけ食べて残し、もうお風呂にも入ってしまったし、洗濯もしたし、野蛮人の儀式のユウソウでソウチョウなダンスも真似たというのに、まだ雨は降っていて、広縁から眺めると灰色の海は大きくうねって湿った空気が部厚くあたりを覆っていて、カンナとアジサイとケイトウとコギクとヒマワリとヤグルマソウとトーモロコシの全部が水をかぶって風に揺れ、さっきより強くなった雨と風の音が騒々しくなり、下の方から四頭の乳牛（ホルスタイン）のどことなく物悲し気な鳴き声が間のびした感じで断続的に響き、それでもまだ、座敷の柱時計は三回鈍い金属音をたてるだけで、〈おはあさん〉が入れたラジオでは、九州の西北部（というのは、どこのことだろう？）で記録的豪雨でたくさんの死者と行方不明者が出たことと、谷中の五重の塔が心中の放火で焼けたことを言っていて、両方とも何日も前から何度も耳にしたことなのだけれど、つい今、ラジオが言っているのは、このあたりを台風が直撃するかもしれないという予報だ、と菊子が言い、〈おはあさん〉は古いけれど、屋根も柱も土台も、石垣も頑丈に出来てるから、びくともしない、と受けあう。

それでも、まだ三時で、湿った風と雨の降る長い夏の午後は、はじまったばかりではなかっただろうか。それなのに、お風呂に入ってしまったので、本来なら、夕飯の後にお風呂に入る習慣なので、もうあとは寝るだけ（布団の中で本を読んだり、ラジオをきいたりするにしても）だったから、ついなんとなく寝間着の古い浴衣に着がえてしまって少し後悔する。赤というかオレンジ色とグリーンと紺の色が、何度も何度も洗ったので褪せて白っちゃけているホーズキ柄（ぷっくりとふくらんだ先端がとがっている袋状の萼《がく》に包まれたままのものと、ふんわりした萼を剥いた中から小さな赤いボールが顔を出しているテルテル坊主のような形のものとが描かれている）の、何年も着ているので、丈も裄《ゆき》もつんつるてんの浴衣に、母は糊をつけなかったから、洗いざらして〈しょうが脱けてシラミが出入りしそうな〉と母親が顔をしかめるのだけれど私は気に入っている浴衣の布地はへなへなと柔らかく体にまとわりついて気持がいいのに、〈おはあさん〉が洗うと、残りの御飯粒をふやかしてトロトロのおもゆのように煮た糊を強くきかせてしまうので（ほら、こうやって糊をきかせれば、古い浴衣も、仕立ておろしとまではいかないけど、パリっとして新品同様、と〈おはあさん〉は生真面目にというか得意気に笑う）、糊でバリバリに固くなった襟が首の後にこすれて首の皮膚が赤くなってヒリヒリしてしまうし、甘酸っぱいような御飯粒のすえた匂いのするのがいやなので、途中からよそ行き用のワンピースの時に下に着る薄手のキャラコのシミーズ――母親や菊子が身につけているような、絹とかベンベルグとかナイロンのすべらかな布地に透きとおるようなレースや細かい襞飾《プリーツ》りのあるスリップとは全然別の――を寝間着にしてしまう。袖無しでU字型に胸の開いたシミーズは、ウエストで切りかえのあるワンピースと同じ形で、前開きになった上身頃はスナップ止めで、小さい貝ボタンが飾りについていて、両側には三本ずつの細いピンタック、ギャザーになっているスカートの裾は小花模様のレースの縁飾りのある幅広のフリルになっていて、背が伸びた時には、ミシン糸をほどけばスカートの丈が長くなるように三本のタックが縫い込んであって、よそ行き用の薄いピンクのちょうちん袖のワンピースが汗で汚れないように着ることになっているのだ。夏の服は一度着ると汗をかいてしまうから、ワンピースを洗ってアイロンをかける手間にくらべたら、シミーズを洗ってピンピンっと引っぱってシワをのばして干す方がずっと楽なのだから、少し暑くてもシミーズを着なければいけないし、シミーズの裾のレース付きのフリルはちょっと豪華にたっぷり取ってあるから、まるで童謡歌手の衣装みたいで可愛いじゃないの、と母親は言うのだったが、シミーズはよそ行き用のその一枚しか持ってなかったし、浴衣の寝間着二枚（もう一枚は金魚の柄）には〈おはあさん〉が糊をいっぱいきかせてしまっていたし、鉄道のチッキで送った荷物の中に入っていた普段着は、木綿のワンピースが二枚、ポロシャツと半袖のシャツとショート・パンツ、ズックの運動靴、下着用のブルマー四枚、ソックス一足、といったものだったし、〈おはあさん〉に糊をつけないでほしいと言うことなど、なぜか考えつかなかったので、シミーズを寝間着にする以外になかったのだった。レースのついたフリルはボリュームがあって、横むきに寝るとふとももの間にはさまる布地の感触がうっとうしいのだが、寝床に入ると菊子のお喋り（とりとめのない夢物語めいた希望や、ため息で終る恋のいきさつ）をききながら、そう長い時間眠をさましているのはむずかしく、いつの間にか、というよりも、すぐに私は耐え難い眠気に——起きていようと思っているのに——沈んでしまうのだったけれど、でも、今はまだ（空気全体が灰色の粒でけぶっているし、午後なのに暗い座敷にも台所にも、もう電気がついているけれど）、午後の三時なのだ。

　刺繍と呼ばれる手芸の中で、一番高級で高度な技術を要求されるのが、針目と糸のひき具合がきれいにそろった、ふっくらとなめらかな表面をつくる均一さが見る者を魅了する豪奢ではなやかなフランス刺繍の女王とも言える刺し方であるサテン・ステッチです、ともったいぶった文章で書いてある刺繍の図案集には、いろいろな複雑な刺し方が、番号つきの何枚かの図解で、糸を通した針が布地にどういう方向で刺され、布地の下から上に出された針に糸がどう巻きつけられるのかが示されているのだけれど、私の指はピンクの艶々した光沢のある糸を通した針を持って、丸い木製の枠（輪っかの端についている金属の小さなネジで、間にはさむ布地によって張り具合を調節するのだ）にピンと張られた白い木綿の布地にツユクサの花の汁で出来た青花で菊子が描いた図案（五つのデイジー・ステッチの花びらと、中央の五つの花芯のフレンチ・ナッツと茎のアウトライン・ステッチと葉っぱのデイジー・ステッチ）の上で不器用にとまどいつづけ、もちろん、右手に持った針は左手の指を血が出るほどではなく、指の表面の薄皮をかすめる程度ではあるものの、何度かチクリと刺してしまうし、それに、フランス刺繍を学校の授業で習うのは六年生になってからなのだから、まだ早すぎるのだ、と私は言いはり、ラジオが予報していたように台風が海辺の町に上陸したので、よくあることなのだけれど停電になり、夕方まえにはすっかり閉めきった雨戸に吹きつける風と雨と轟きながら崩れる大波の音におびえながら、ローソクのあかりで、おにぎりとタクワンとカツオのすりながし汁の非常用の御飯を食べ、うずまきながら轟音を反響させて、〈空と海が逆さになったようにひっかきまわされて荒れ狂う〉と遠洋漁業の船員だった亭主がよく話した南氷洋や北氷洋の嵐や、一つの島ごと大波にのみこまれて沈んでしまう南太平洋の大嵐とは違うのだから心配することはない、こんなのは、あたしがここに生れて育って何千回も経験した台風のなかでも、一番ちいさい部類だと〈おばあさん〉は言い、菊子と私はおぼつかなく揺れ動いて、妙なところにあかりと影をゆらめかすので廊下に干したままになっているワンピースが人影のように見えるローソクのあかりの中で、押入れから出して敷いた布団にあおむけに寝て、本当に眠むりこむ前に、枕もとのローソクをしっかり吹き消さなければいけない、と言いあう。

　周囲の人間みんなが、あたしとひき離すことに熱心で、絶対にあわせないように見はっているのだけれど、どうやったらあえるかいつも考えている（というか思いつめている、と言ってもいい、と気取って台詞を言う女優のように溜息をつき）菊子は、あたしと巡りあうずっと前の戦前、北京に住んでいた恋人（詩人か絵かきか、音楽家、あるいは新聞記者に身をやつしたソ連か中国のスパイだったのかもしれない共産主義者の男）が話してくれたという話――実際の経験なのかそれとも誰かに聞いた話なのか、読んだことか（本の中で）、見たこと（映画か芝居か、それとも絵の中で）なのかはなんとも言えないけれど――を私に話してくれた。

その頃、あたしは、まだ子供でここにあずけられて、村の国民学校に通っていて、今のような山の木という木がぶつかりあう音と波のくだける音がまじりあう台風の風の咆哮だけではなく、遠くの海の上をどこかの街を空襲するために編隊を組んで飛んで行く爆撃機の鋭いうなり声にもおびえていたのだけれど、あの人は肺病だったので兵隊にはならずにすんで、北京のフートンとか、フォートンという所に住んでいて、長毛種の斑の野良猫がコソコソとうろつく他には滅多に人と出あうことのない、夜中のフートンか、フォートンの迷路のような路地を散歩するのが習慣（夜中の寝しずまった道をラバーソールの散歩用の靴で歩くと、あしのうら全体から石畳の冷たさが浸透するようで、思考力が脳の中で透明度を増すのがわかる、と恋人は言う）で、灰色の石とレンガを積み重ねた長い長い塀に囲まれたフートンの曲りくねって迷路のようになって行きどまりの多い路地には、思わぬところに小さな、頭を低くして出入りするような高さの木の扉のついた出入口があり、ある夜、サンザシの白い花の咲いている枝の突き出た長い塀の角を曲ろうとしたところで、扉を内側から開ける錆びた蝶番の軋む音がきこえたので、知らない人と顔をあわせるのがいやで反射的に身を隠すと、扉から濃い色の柔らかくなめらかなビロードか何かの布でこしらえたらしいフード付きのマントを着た女があらわれ、思わず好奇心にかられ後をつけてみようと思い――

なぜ暗い夜の路地でそれが女だとわかったかといえば、彼女が歩く足音で踵の高い靴をはいているのがわかっただけではなく、麝香《じゃこう》と花のまじった香水のにおいがあたりのひややかな夜気の中をしなやかにうねるように流れたからなのだ——軽いスポーティなラバーソールの革靴をはいていたから、足音をたてずに気配を消して石畳の道を歩けたわけなのだが、やがて長い塀の奥の建物からもれる明りで、長いマントの裾から白い女の細っそりした、踝《くるぶし》のくっきりと浮きあがった足首と、緑色のパンプスをはいているのを確かめることが出来たと彼はいうのだった、と言って、菊子は物語の終りの合図のように黙り込む。もちろん、私は風と波の吠え立てる音と雨戸に激しくうちつけられる雨の音の中で、緑色のパンプスを見たところで終わってしまう話しの中途半端さに不満たらたらだったが、彼というか恋人は（どこかの館にしのびこむ探偵とかスパイのように、ラバーソールの靴で）後をつけて行って、緑色のパンプスをはいた女がどこへ行ったのかを、話さなかったのだから、あたしが知っているわけはない、あたしはその話をきいて、違う土地なのに「上海帰りのリル」という恋人をさがして旅をする男の物語を歌った流行歌を思い出したと、ねむそうなくぐもって湿った声で菊子はいい、タンゴ風の何小節か歌い、緑色のパンプスの女が忘れられないせいで、彼はあたしと一緒になれないのに違いないのだ、でも、緯度が高いところなので春になるとあらゆる花がいっせいに咲き乱れる北京はまさに花の都で、それをきみに見せてやりたい、と言ったし、それだけではなく、フートンの塀からかすかな甘い香りをひっそりと漂わせるサンザシの白い花が秋になると赤い小さな、リンゴにそっくりな実（そう、ちょうど、あんたが糊のついているのをいやがって着ない浴衣のホーズキの実くらいの大きさの）がなって、冷たい埃っぽい風が吹きはじめる晩秋、アメ菓子売りの響きと調子の良い節をつけた高く張った声（京劇の一節のような）がして街中にやってくる、てんびん棒の両端についた大きなわらづとに、竹ぐしに刺した果物につやつや光っているアメを被せたものが何本も何本も刺してあって、濃い紫色のナツメや、小さく一口大に切ったパイナップル、一房ずつ皮をむいたミカンや、輪切りになったバナナ、なかでも赤い小さなリンゴのような実が長い竹ぐしに、ずらりと八つも刺してあるサンザシが、豪華な血赤サンゴの珠のように、青い晴れわたった空と、たとえば天安門とか東安市場や、フートンの薄茶色の土壁を背景に輝いて、誰だって絶対に買わずにはいられないし、まるでガラス細工のように竹ぐしに刺った果物は光って、クリスマスの色とりどりのガラス玉の飾りのようでもあり、なかでも愛らしく魅力的なのはもちろんサンザシで、長い竹ぐしの一番上の透明なべっこうアメが被った実に歯をたてると、パリッという音がして薄い透明なアメが割れて、時々、割れた薄い鋭くとがった透明なアメが歯茎の裏に突き刺ったりするけれど、むろんすぐに口の中で溶けてしまうし、アメが割れるのと同時にサンザシが甘さより酸っぱさの勝った味と香りをたてながら、軽く水分を含んだ果肉の割れる音をたてて、そう、アメと違って、パリンッ、かもしれない、とあの人は目尻に皺を寄せて笑い（たしかにその笑顔に刻まれた皺を見ると、二人があまりにも年が離れすぎているのが、皺もシミもタルミもないあたしにも胸苦しいようにわかるのだ）、自分は一個食べたらもう充分で、それ以上食べる気にはなれないから、天安門広場でも、東安市場でも、フートンの入口でも、すれ違った中国人の小さい子供にサンザシの竹ぐしをやってしまうのだったけれど、あれを是非きみに買ってやりたかった、きっと、大喜びしただろうな、と彼は言い（生木を引き裂くように――胸をひき裂かれるようだったけれど――別れさせられたあたしたちが会った最後の散歩の時に）、と菊子は物憂気な口調で語り、今になってみれば、私は、菊子の話しの中の彼が夜中のフートンの扉を開いて出て来た緑色のハイヒールのパンプスをはいたフード付きマントを着た女を、本の中で（一九世紀に書かれた本の中の、一八世紀に生きていた若い印刷屋の女遍歴の自伝的物語の中で）知っていると断言できるのだが、今はまだ、私たちは枕元の鉄製のローソク立てに刺して青でカエルの絵を描いた中皿においた微かな空気の流れに反応してゆらめくローソクを吹き消してもいないし、雨戸をしめきった家の中には今夜はつけていないのに、蚊取の除虫菊の匂いが染みついていて、夕飯のカツオのすりながしの匂いや菊子が顔と首と胸につけている甘ったるいクリームの匂いが混りあって揺れ動き、ローソクの芯の燃えるGの響きが続く微かな音がする。

シテール島への、

海は相変らず、絵のような景色をひらいていた。波はおどろくほど静かで、正面に小さな丸い島が黒い影になって浮かんでおり、右手には岬がなだらかに女の腕のような線を描いてのびている。そして左手には桟橋の灯がキラキラとまたたくのである。

それはまったく〝景色〟という概念をそっくり具体化したような景色だった……

安岡章太郎『海辺の光景』

もちろん、そこがシテール島ではないことなら知っている。

そもそも、私たちは船になど（何本ものマストに帆を展開させた）乗ったことがあっただろうか。

遊園地や公園の人工的な池（細いロープで手もととつながっているおもちゃの帆船を水面で泳ぐ凧のように——どちらにしても空気をそよがせる風を利用して——浮かべて遊んでいる子供のいる）や、城の外郭にめぐらされた濠を、水色と白の防水ペンキで塗りわけられた小さな木造のボートを漕いで休日のあいびきを楽しむ若く貧しい恋人たちのように、緑の草におおわれた土手に規則正しい間隔をおいて植樹された桜が（言うまでもなく）満開で、四月の陽光を揺らし風に乗って淡く薄いピンクの花びらを浮かべた水面に絶え間ない小波をたて、水面にあたる陽光の反射に淡いピンク色が混って、若い娘の少しカールした肩までの長さの風になびく柔らかな髪や化粧などしていない額や頬や唇（内側にともったあかりのように、それとははっきりとは意識されてはいないけれども性的な興奮が、顔全体に輝きをあたえている）を照らし、春の空気と光は世界の上を浮々とすべりながら（そう、気まぐれな軽やかさで）、オールがかきたてる水しぶきを笑いさざめく虹色の光の粒のように撒きちらすだろう。

若い娘は（自分の手と指でミルクをしぼりはしないけれど、乳色の肌をして薄いバラ色のローン地のドレスを着た牛乳屋の娘だ）クッションを重ねて敷いたボートの舟底に横たわり、オールがU字型のクラッチに擦れる音と、平たい水かきのような先端が水面をたたきながら切って入り水の中で回転するリズミカルに重なる音の心地良い繰り返えしと、川の流れの絶え間ない水音を耳にしながら、ボートの舟首の部分で左右に分かれる水の白い泡を見つめ、川の水面にまで枝を伸した柳の柔らかな緑の新芽に、上気した頬（透きとおってけぶるような銀色の生毛が陽にあたると輪郭を光の輪《ハレーション》でつつみこむ）がなぶられ、娘は訪れようとしているものに対する期待と不安とで、深い溜息をつく時の準備のように息を吸い込み、大きく胸を上下させる。コルセットにしめつけられながら、コルセットの金具や紐や鯨の骨で出来た枠やらを弾ねかえすように、弾力のある乳房をふくらませる豊かな生命力に充ちた肺活量や、大きな大きな、スクリーン一面に拡散する《クローズアップ》眼（カメラが近づいて行く彼女の顔の中の眼は水面にひろがる水輪のようにふるえながら波打つので、私たちは、彼女の眼が見つめているのはエロティックな忘我のよろこびが開くバラ色の虚無といったものより公金を横領したジャネット・リーの熱いシャワーを浴びている肌に、不意に襲いかかる短剣《ダガー》というか包丁《ナイフ》によってもたらされる残酷な〈死〉ではなかったのかとも後になって思ってしまうほどだ）を見つめたのだし、ボートに乗った若い娘は（ボートやゴンドラや小型ヨットや和船の屋形船も含めて）あなた（私に見つめられている、それとも、私を見つめている？）だけではなく、だけなどではなく、無数にいたし、いるのだ。

　もちろん、櫂のしずくはいつも誰が漕ぐにしても川の水面で花と散るのだし、小さなオールを器用に操って、まだ短い丈のスカートをはいている小さな女の子だって小さな港のある湾内でボートを漕いで、小さな燈台の見える海に面したテラスで食事をしている大きな縞のシャツを着た猫に手を振って虹色に輝く合図をおくることが出来るし（何の合図を？）、それに船なんかなくったって、十八世紀生れのロマン派の詩人や神話の恋人ならば、泳いで海を渡って恋人にあいに行くことだって出来るはずなのだ。

　だから、私がこうして何もしないで、ステイン塗りの木のベンチに座って池に造られた小さな人工の島を眺めているのも（人によっては、無駄でしかも無謀なより道とか回り道と考えるかもしれない）、もちろん彼女にあうための（失われたあなたに再びあうための）、正式とか不正規といった範疇に属さないルートにすぎないのだ。

　公園の中心部から外れた人工の池はゆるやかにうねる曲線の水縁を持つ細長い楕円の形に作られていて、池というよりは、公園のすぐ外に流れている川に似ているのかもしれない（川を模して——一滴の水とまではいわないにしても、ごく小さく流れ出す水の始源があって川となりゆるやかに流れてやがて海へとつながるというありふれた物語に沿って——掘削されたのかもしれない）のだけれど、そのほぼ中心にある小さな船の形の島には、四方が反り返った屋根の中国風の亭《ちん》というか東屋——イギリス製の紅茶セットのポットに、やや稚拙な青色の線で描かれた池のほとりのしだれた枝のある柳の木にもたれかかって愛を囁く恋人たちの背景の池の中の島に描かれている中国風の反り返った屋根の寺院にそっくりな——があり、茶色のステインで塗った木のベンチに腰かけてペットボトル入りの薄いジャスミン茶（少量の茶葉を限りなく水で薄めた味の）を飲んでいる私は（私ではなくても、誰でも）川の中に船のように浮かぶ反り返った屋根の亭のある島へ行きたいと思うのだが、人工的に造られた川（というか池）には、水を渡るための乗物らしきものなどどこにもないのだ。

ウェッジウッドの紅茶セットのポットや茶碗や皿やクリーム入れや茶葉入れの壺の図柄に描かれた、いつもたいていの場合、土手の柳の木にもたれかかっている恋人たちはお互いの顔を見つめあい、趣向を凝らした牧歌劇の中であれば、当然歌を歌う。

おそらくは前の世で、わたしが出会い、
いま、思い出によみがえる、
ひとりの女、

といったような歌かもしれない。若い貴族が扮しているのかもしれない従僕の衣装を着た男の腕は、やはり貴族の娘かもしれないけれど、羊飼い娘か乳しぼり娘か小間使いに扮して、体にぴったりしたきつ目のコルセット付きの胴着に短いスカートとペチコートを身につけている若い娘の細っそりした腰に巻かれていて、背景に描かれているのは、図柄としてありきたりの廃墟の木づたのからんだギリシア風円柱のある神殿ではなく、中国風の四隅の反り返った屋根の寺院で、恋人たちは陶器のブルーと少し黄味がかった白地のつやつやした肌の中で、十七世紀のイングランドで考えられていた中国の牧歌詩の一場面（柳は緑に花は紅、かんばせは花のごとく、といったふうの、詩というより何かの表面を飾る模様のような形式的な言葉でできた）を演じているのかもしれない。水面にしだれる柳の小枝のかげには、ロマンチックな小夜鳴鳥《ナイチンゲール》――アンデルセンか、それともそのスタイルを巧妙に真似て書いたワイルドだったか、それともスペイン人だったか、それより以前のイタリア人だったか、その鳥は、シナの皇帝のところに連れてこられ、金で造られた四方が反り返った屋根の先に金と銀の鈴の飾りのついた鳥カゴの中で見事に歌い、それから死にかけているシナの皇帝が〈私〉だったか〈あなた〉にだったか、伝えるべく囁いた伝言をオウムのように暗記して美しい宮廷の窓辺から飛び立ったのだが、小夜鳴鳥は、〈あなた〉だったのか〈私〉だったのか、もしかしたら〈彼〉だったかもしれない伝える相手のところへ（そうした寓話の中では）、なぜ鳥（それも小夜鳴鳥だ）が、決して来られないのだったか、私は思い出そうとし、冷たくなった右手の甲に左手のてのひらを重ねて擦り、ボストンバッグの中に灰色と白のバーズアイ編みの丈夫な手袋《ミトン》を入れてきたのを思い出す。

　とっても白くてミルクのような肌に紫色がかったブルーの静脈が、決りきった言い方にすぎはしないけれど地図の上のはりめぐらされた人工と自然の川とを結びつける無数の運河のように見える彼女の裸は、しかし、そうしたありふれた比喩をこえて、彼女と私の「間」で、指とてのひらと唇でたどってみるならば、いく重にもつらなる未知の大地を流れる豊かな川ではなかっただろうか。ところどころがバラ色の地図上の青い川として分岐する彼女の血管。だから、どこにあるのかも知らないとは言えないわけなのだが、どうやら、大きな川と縦横に走る運河と、多分航行する舟と、どことなくしどけない匂いのする海の香（ねばねばした匂い、ねばねばと意識にはりつく、おそらくは官能的な匂い）とか、それに、霧（乳白色の、視界をさえぎる冷たく湿った煙とも粒ともつかない巨大なヴェール）、寺院の鐘の音（それが陶器の中の白地にブルーで描かれた四隅の反り返った屋根の寺院であれば、鐘は、紅い絹の飾りひものついた薄い肌の磁器製の卓上ベルのようにチンチンと軽く鋭い音をたてて響いただろうか。それとも乳白色の霧の湿り気に包まれてよろめきながら水分をしたたらせただろうか）、運河の縁や石の橋桁にうちつけられる水の音ならば、その町（私たちが行こうとしていた、そうではなく、行ったことのある）に重ねあわせてみることも出来る。言葉は、いや、指は、それとも、尖ったペンの先はと言うべきだろうか。いや書くべきだろうか。それとも、言葉を書きつつある先の尖った（尖って、窓から差し込む陽光を反射して、虹色にきらめく）ペンを持っている、この、いや、そうではなく、あの指であるかもしれないのだが、それはなめらかにつやつや光るリボン状の濡れたフィルム状のようにすべって、私たちは川を、さかのぼるのか下るのか、それがおのぞみならば物語をつくり出しもするだろう。それも、幾つもの幾つもの――。

ボートに乗った若い娘は（その理由を、説明するまでもなく、ボートに乗っているのは、若い娘か、さもなければ若い人妻なのだ。救命艇や上陸用舟艇や競艇用のモーターボートでも、密輸品を運ぶ漁師のボートでもないのだから）、馬車に乗っているのとは違って、たいていの場合、自分の行く末にはっきりしたものではない漠然とした（茫洋とした？）夢想を抱いているのだが、小舟は不安定に揺れやすく、水面に少しの風が吹いても小波がたつので、小さな舟は、小犬とかポニーのように絶えずじっとしてはいないから、体を小さな絶え間ない波に揺りあげられ、おそらく、そのせいで胸をふくらませる深い呼吸をして娘たちは、時には若い人妻も、思わず小鳥が高く囀《さえず》るように歌い出すので（もちろん、その歌声を響かせる歌姫たちの中には、人魚や水の精やセイレーンもいるだろう）、海や川や湖や池や運河や濠や、時には浴槽の水面には様々な歌声の残響が湿って幾重にも重なったふるえる声のこだまになって波立つだろう。「春の声」や「ローレライ」とか「ホフマンの舟歌」といった曲のなめらかに高くなったり低くなったりする声に混って、夢の中でのように（もしくは舞台装置の一つのような）白いヴェールのようにやわらかな霧が水面からわきあがる。陶器の中にブルーの線で描かれた庭園の池の島に建てられたシナ風の屋根の寺院の鐘の音が響き、柳の木にもたれてお互いの体に腕をまわしぴったり寄りそっている、牧歌風の物語に登場する恋人たちは（いずれは、当然結ばれるのだが）二人の間を引き裂こうとしている数々の、横たわるというかむしろ山積といったほうがふさわしい関門を乗りこえるのだが、それはそうした数々の物語（紅茶茶碗の数ほどの）の定法どおり、娘と青年の生れた家が長年の仇敵同士の関係にあるからだったり、そうでなければ、娘の方に許婚がいたりするのだ。羊飼いの娘は青いブラウスを着て、同じ色のスカートの片裾をウエストのところに端折っているので赤いフランネルのペチコートが見え、なだらかな丘の斜面を羊を追う杖を片手に飛ぶように下って行くのだが、丘の斜面を覆っている丈の低いやぶの中にはトゲのある野生の金雀枝《エニシダ》がまじっているので、走っている娘の赤い髪をまとめていた緑色のリボンが金雀枝《エニシダ》のトゲのある枝にひっかかって解け、赤い髪はたそがれ時の夕日のなごりの光が反射して輝き、輝きの周囲に淡くぼうっとした光の暈《かさ》のようになって、娘と一緒に（むろん、髪は娘の一部なのだが、生き物のように風になびき弾みながら）丘をかけくだり、一目で娘に恋をした青年は、軽やかに走り去る光暈《ハレーション》に包まれた後姿を脳裡（あるいは網膜）に焼きつけ（あるいは刻みつけ）、そう、青年は大きな地主の息子ではあるけれど、幼い時に家を離れて都会の学校を出た詩人だったから（でなければ、ウェッジウッドの紅茶器の中に描かれたりするわけがない）別のシリーズの紅茶器の中では、羽根飾りのついたビロードの帽子を被って吟遊詩人気取りで小さなマンドリンを爪弾きながら、自分で作詞作曲したバラードを歌うだろう。潮風の吹く西陽の中を丘をかけくだって姿を消したうるわしきアラゴンの羊飼いの娘に（赤いフランネルのペチコートの裾は、恋の情熱で開く甘美な朝露に濡れたバラの花びらのよう）あうために、私は明日もこの丘にやってくるだろう、意地悪な金雀枝《イニエスタ》のトゲがかすめとった緑色の絹のリボン、明日は私、このやさしいルイス・イニエスタがリボンであなたの髪を結い上げてやろう、羊の番なんて退屈だっただけなのに、今では彼女にあうための口実になる羊たちが可愛い、といった類いの、どちらかといえば武骨で田舎じみて押しつけがましいルフランのある単純なメロディーと言葉のロマンスをかなでたりもするだろう。牧歌の詩と物語を伝えている、戦争で片腕が不自由になった作者は、これではまるでこの金雀枝《エニシダ》という名の青年は、バルセロナくんだりまで勉学に出かけて、女の髪を結う床屋になったみたいではないかと感想を述べる。

　それが私の身の上におきた出来事であったにしても、もちろん、それは何度でも誰でもが耳にしたり眼にする、しがなさとあきらめの混りあったようなありふれた出来事で実際に経験する以前に何度も読んだし嘆く歌声をきき、スクリーンやテレビの深夜名作劇場や貸ヴィデオで見たことのある状況というか物語に似ているかもしれないのだ。それが、生身の無数の「私」には到底耐えきれないほど息苦しい恋の物語ではあっても——。「彼女」がなぜ「私」の前から姿を消したのかといえば、それはおそらく物語を一時間三十分たらずの時間に収めなくてはならないというフィルムの経済的な理由が大きかったせいかもしれないが、「彼女」にあたえられている謎など実のところどうでもいいことで、ただ、「彼女」は手がかりになる何かを少しずつ残して姿を消してしまう。たとえば、つい先ほどまで滞在していて、まだメイドが掃除をして整えていない部屋のサイド・テーブルの電話機の横に置いてある備え付けのメモホルダーとボールペン（鉛筆だったかも）で、彼女は誰かからかかって来た電話で聞いた行き先をメモしたのではないだろうか？　サインペンや万年筆といった柔らかな先端で強く力を入れずに字を書くのとは違って、ボールペンや鉛筆で紙に字を書くと、それ程筆圧が強くなくとも一枚下の紙に書かれた文字がプレスされた跡が残るから、その上を青の色鉛筆で空を描くように横にたおした鉛筆の芯で軽く擦るようにすればメモ用紙に残された文字や数字を容易に読みとることが出来るというのは、十九世紀の安価で扇情的な犯罪物やスパイ物、そして姦通物の小説で広く知られたことだし、姦通物を除いて子供向きに書き直されたスパイや探偵が大活躍する冒険小説を読んで誰でも知っていることだし、ホテルの部屋につい先ほどまで滞在していて、あわただしく逃げるように姿を消した女は、プレスされた文字のあるメモは残さなかったかもしれないが、不用意に（あるいは、追跡している者に、自分の行こうとしている場所のヒントになる何かを残しておくために？）行くさきの土地のアルファベットの頭文字と、そこへ向う列車か船の出発時刻を時刻表から書きうつしたのかもしれない数字を書いた紙といった手がかりが灰色の無機的なプラスチックのゴミ入れに丸めて捨ててあるかもしれないのだ。

　それとも、旅から旅の暮しを続けるセールスマンが主な宿泊客のホテルに、何かから逃れて休息してたのは、人工の池とも川ともつかない水面（風が吹く水面は、そう、何色とも言い難い絹の縮緬の布地のように震えて）の中に浮かぶ船の形をした島の小さな中国風の亭《ちん》を見つめながら、ペットボトル入りの薄いジャスミン茶を飲んでいた「私」だったろうか。「彼女」は黒に見えるほど濃いブルーのぬめぬめと屈折して光る繻子のシナ服（裏地は、むろん血の色の暗い赤）を身につけているので（当然、小さな下着一つ着けていないことが布地越しに浮きあがる起伏のなめらかさと胸のふくらみの先きの小さな丸い突起によって暗示される）、不吉な鳥か、それよりももっと悪辣な爬虫類のように見える魅惑的なうえに美しく、充分にありきたりで、無数の欲望を呼びさまし、さまざまの本能や記憶をよび起こす、あらゆる小説やあらゆるドラマや詩や絵の中に登場する恋の宿命の女なのだから、その中にひき込まれるようにじっと見つめつづけるのだ。

　セールスマンが行くさきざきで利用するようなホテルで休息をとりながら、私はあの部屋を出てきたのは私だったことを思い出し、ひどく胸がしめつけられ息苦しくなる。ぼくがいない間に、引っ越をすればいい、鍵は管理人にあずけておいてくれたらいい、と私は言い、当面必要な身のまわり品をボストンバッグにつめ、寝室のベッドの足もとの壁際に置いてある入れたままになっているテレビの画面の中で、贋札を使ったという理由で逮捕された男は妻からの手紙で幼い娘がジフテリアで死んだと知らされて刑務所を出る。紺色の布のズダ袋を肩にかけていて、街角に立ちどまる。寒々とした石造りの灰色の田舎町の町並が一瞬映し出され、カメラが音もなく近づいて、不自然なくらい明るく照し出されたショーウィンドーのなかに、けばけばしい赤や緑や青のプラスチックの玩具や、小さな黒いビーズの眼と大きな耳と長い鼻を持った派手な黄色の縫いぐるみの仔象が所狭しと並び（クリスマスに近い季節なのかもしれなかった）玩具屋と男の間を濃いブルーのワゴン車が通過し、瞬間的に走りすぎる黒っぽいブルーの車体を画面いっぱいにとらえて暗転し、次の瞬間、こわばった無表情な男は観客に正面を向け、ゆっくりした足どりで道を横切り、フレームの外に消えるのだった。私はこの男がもっと後の方で人を殺すことになるのを知っているのだが、二つ並んでいる片方のベッドの上で泣きはらしたせいで、はれぼったい目ぶたをした彼女は、そんなことは知らずに、ボストンバッグに引き出しから出した下着や靴下や着替えのシャツとセーターを詰めている私を無視して、毛布を肩からかぶるように巻きつけ、顎を埋めるようにして画面を見ているふりをつづけるだろう。出て行くことを彼女がとめるだろうと期待しているわけではなかったけれど、なにしろ、彼女は他の男を恋して――その残酷な動かぬ証拠になる現場そのものは見てはいないけれど――寝てしまったのだから、私を引き止める前に、許しをこう必要があるだろうし、それが私の勘違いだというのなら――男は彼女の体を壁にぴったり押しつけるようにし、彼女の腕は男の首と頭に巻かれていたのだ——ようするに、それが性交時の抱擁ではないと言うのならば、私は自分にも彼女にもそれを信じたふりをしてもよかった、という気はするのだ。言ったことの全部（一連の、女の不貞を批難する男特有の、意味のない正義を振りかざす、無神経な被害者意識にふるえる弱々しい悲鳴のような、聞かされた相手を、苛立せるかいきり立せるだけの、本質的に虚しい紋切型）を両眼から後悔の涙を二筋の小川のように流しながら撤回すると誓うのは、そんなにひどく屈辱的で誇りを傷つけることだろうか、と私は生ぬるく微かなジャスミンの香りのする薄い液体をひりひりする（少し腫れているのかもしれない、桃色の私の扁桃腺）咽喉に流し込んでから、タバコに火をつけて、まるで咽喉をあたためる物質であるかのように煙を貪るだろう。荷物は、ボーリングのボールと靴を入れるような古めかしいボストンバッグではなく、ノースフェイスの黒いデイパックに入れてくるべきだったかもしれない。そうすれば荷物は肩にかけて、両手をあたためるために手袋をはめるまでもなくポケットに突っ込んでおける。

　あの時は荷物を持つ必要などなかったから、コートのポケットに住所録の手帖と財布だけを入れて、姿を消してしまった彼女の行きそうな場所（共通の知人の住んでいる知っているところもあったが、ほとんどは、初めて聞く名前の彼女の友人たちの住所を、行くさきざきで教えてもらいながら）を探して電車と地下鉄とバスとタクシーと足を使って動きまわり、彼女がもしかしたら立ち寄るかもしれないと教えられた迷路のように入りくんだ狭い路地の奥の急な狭い階段を上った、割り箸というか鉛筆のように細長くて狭いバーで彼女がやって来るかもしれないというはかない期待から、ピーナツの殻を親指の腹を押しあてて割って、ウイスキーの薄い水割りを飲みながら、音がほとんど消してあるのでバックに流れている音楽は聞えないのだが、カウンターの奥に置かれた小型テレビの中で、ジーン・ケリーによく似たダンサーが青味がかった色彩のスコットランドのキルトを着て、大きく足が動くと小さな革のバッグと腰から下げた鞘に入った短剣《ダガー》が太股のところでバタバタと跳ねて躍る、ロマンチックで情熱的な愛の苦悩を訴える類いの、バレエのような踊りをおどっていて、画面を見てもいないカウンターの中のバーテンダーは『巴里のアメリカ人』だと言うのだが、私の見るところでは『ランメルムアのルチア』だと思える。もし、そうだとすれば、その物語の筋は、恋人のルチアが兄の計略で意に染まぬ男との結婚を余儀なくされ、婚礼の夜、彼女は発狂して夫を殺して自殺し、ジーン・ケリーに似たダンサーの演じている恋人の青年も、あとを追って自殺するという突拍子もない異常なもので、「私たち」は以前それを劇場で見たはずだ。バレエではなくオペラだったかもしれないが、「私たち」はその劇場で再会し、幕あいの休憩時間に、舞台で歌っている、それとも踊っていた？スコットランド人――キルトをはいた筋肉質のたくましい太股の上で跳ねるように躍る短剣《ダガー》――についてのゴシップを耳にしたりする。どこかの、地中海かアドリア海か黒海の保養地で、彼は船渠《ドック》で働く太股だけではなくたくましい腕と胴体の舟大工をしていたというのだ。重い木材を扱いなれたたくましい腕の筋肉と穏やかな風の吹く青い青い海の上を、すべるように朗々と澄み渡って青一色の空の彼方に透明な光のように伸びやかに広がる甘美なテノールを持った若い舟大工の歌を耳にしたポーランドの姫君が恋をして、そのために身代までもつぶしたものの、歌手は姫君を冷酷に捨てて他の女のところに行ってしまった、という噂だ、と読んだことを「私」は思い出したりする。

　黄色と黒のチェックのベストを着たバーテンダーは、他に客がいなかったので、カウンターで頬づえをついて、交際中《いいなか》の男や女が変わるたびに、見せびらかしたいのかそれともなじみの店でないと落つかないのか理由はわからないけれど連れて来る客もいるけれど、彼女はもう長いことここには来たことがないと言うのだ。

　画集でみると――粗雑な印刷のせいなのかもしれないが――森は煮えすぎのほうれん草料理のように褐色をおび、乳白色の柔らかく重そうな水の微粒子でできた霧に包まれた遠景と鈍く灰色に光る水面には、記憶のなかでは金色と深紅の絹で織られた軽い優美な帆を張った、豪華で華奢な造りの〈恋の船〉が浮かんでいるはずだったのに、そんな船は、開くページの中にはどこにも見あたらないのだ。

それから私は、桟橋のない港に停泊している、シップだかスクーナーだかバークだか呼び名だけは知っている船の型の区別もつかない帆船が、思いの外柔らかそうに見える帆布をだらりと垂らしている写真を本の中で眼にとめる。シテール島へ船出をしようとしているのではないけれど、あわただしい出帆の準備でにぎわい、様々な布や果物や麻袋がコーヒー色の肌の男たちの肩で運ばれ、やがてまるでおとぎ話の中でのように歌姫から王の恋人となり、しまいには見世物のようなサーカスの芸人になる娘を乗せているのかもしれないし、伝説のさまよえるオランダ人とか、イゾルデを乗せているのかもしれない帆をたたんで港にいる船のページをめくる。もちろん、そこに「私」のさがしている女がいるはずなのだ。

文中の詩はジェラール・ド・ネルヴァル。引用はプルースト『サント＝ブーヴに反論する』より。

「胡同《フートン》の素馨《ジャスミン》」

彼女が動いたり、私が枕の上で頭を動かしたりする拍子に、どうかすると、彼女の顔が綱からさがつてゐる著物のために隠れました。

宇野浩二『蔵の中』

そして私は何を思いたったわけでもなく、腹の下の方まで、暑さのせいではねのけてずりさがっていたワッフル織りの夏用ケットを胸のあたりまでひきあげ——そうしたからには、部屋の温度も室外の温度も少し下っていたのだろう——背中と尻の下で生あたたかくなって湿っているシーツの上から体を左に半回転させ、乾いていて糊のきいた洗いたてでアイロンのかかった（もちろん、クリーニング工場の大きなうなり声のような音をたてて流れ作業の進むマシンのやったことだが）白い布地の上に体をずらし、カーテンをひいていない窓から夜の空を眺める。

空は曇っているので、特別に描写すべきような月や（左右のどちら側が欠けているのが上弦なのか下弦なのかもわからないし）星だの（輝く星は見えてはいないし、見えていたとしても、私の知っているのは——と言うか判断できるのは——北極星とひしゃく型の北斗七星だけだし）は見えず、どんよりとした灰色と青が混ったような色（海と空と砂浜と海水浴で遊ぶ、黒や紺色の海水パンツと赤や青や黄色の水着姿の子供たちを描いた、夏休みの宿題の水彩画の、絵具のついた筆を洗う水を入れた容器の中でいろいろな絵具が混りあって、最終的にはあおぐろい灰色になったような）の丁度映画のスクリーン（スタンダードの比率の、上に真っすぐ立てた親指と横にのばした人差指の左手と下にのばした親指と横にのばした人差指の右手を合わせ作った縦横の比率と同じの）のような窓枠に区切られた暗い曇空（しかし、ここは確か八階か九階のビルの一室なので、曇った暗い青灰色の空には、様々な建物の夜間飛行をするヘリコプターや飛行機用の赤と白の標識燈とかビルの窓や非常階段の常夜燈のあかりで、うすぼんやりとした明かるさが反射されていて、今がいったい何時頃なのか見当もつかない）をぼんやり眺め、なぜ隣りのベッドに――そう、彼女は壁際のベッドが、いつでもどこでも自分の場所だと思っていて、私たちの間にいさかいがあったりしたのならともかく、ありもしない（はずの）いさかいに深く傷つけられたか傷つけた（もちろん、私をだ）かのように、他所の猫との激しいケンカの後、どこに傷口があるのか、深々と生えて密集した毛に覆われていて外側からは決して見えない傷（多分、尖った犬歯と鋭いカギ爪で肉をえぐられた）の疼く痛み（全身を熱と鋭さと鈍さをともなう痛みが、毛皮の柄のように縞状に覆っている）をじっと耐えるために香箱のかたちにうずくまって部屋のうす暗い片すみにじっとしている孤独な傷ついた猫のように（傷の痛みと屈辱のために疲れきって、自分の毛を舐めるのさえ、おっくうなのだ）、彼女はワッフル織りの夏用ケットや毛布とシーツや羽毛布団（ああ、羽毛布団を振って、柔らかく細かい羽毛の間に空気をふくませて、ふわふわにふくらませるのが名人の女中——美しい羽をもったオウムを飼うわけではないし、ただの羽毛布団の中に入った羽を扱う名人というだけのまるで重要な役割を果すわけではない、雲とか泡のようにわきあがってひろがる描写への欲望が産み出した言葉の、ただの傍役の女中なのだが——が出て来るのは、『死せる魂』だったろうか、それとも別の作者の別の小説？）にくるまって、布地越しに外側から見ると、くの字に足を曲げ、背中を丸めて壁に体の前を押しつけるようにして、言ってみれば、「拒絶」といった文字の見た目というか、響きのように固くなり、カイコのように布に包まれて丸くなっている彼女の前をふさいでいる天井まで続いている壁紙を張った壁（麻布のキャンバス風の織目が凹凸に加工されたビニールの壁紙）は、私たちの間にそびえているのも同然で、私たちは「壁」と言えば「ベルリン」の石とレンガとコンクリートのそれを連想する世代（それが作られた時だけではなく、壊されるまでのことを）に属していたし、実際、あの頃（彼女と私の関係が最悪の最終段階をむかえていた頃）それはまだ都市《ベルリン》を分断していて、数々の悲劇（主に家族間とか恋人たちとかにまつわる、どちらかと言えば退屈な）とスパイ小説や映画を生産しつづけていて、パレスチナの入植地にイスラエルが建てた工事現場の騒音防止用のアルミの金属板のような壁ではなく、強制収容所の有刺鉄線を巻きつけた柵でもなく、ある意味、理解しやすい陳腐な比喩として使用される壁に、ありふれた鉄筋コンクリートのビルというか、賃貸とローン支払いの部屋の所有者が混在して住んでいるマンションの一室の壁が簡単に変ってしまったのは(彼女の重苦しい沈黙を吸い込むように立ちふさがって)、もちろん、言うまでもなく(あるいは、当然なことに)突然、あらわれることになった男のせいだ。

しかし、「突然」というのはあくまで私からの観点にすぎなくて、彼女にしてみれば、それは宿命の男《オム・ファタル》(という概念があるのだとしたならば)とでも言うべき存在だったのかもしれない。青い空とか海とか湖といった透明な深さと反映性として語られる瞳の中に、彼女は自分の顔を見出して幸福感に浸ったのだろう。かつて、私が彼女の黒と茶色の混った瞳の中に自分の顔が映じているのを見て喜びにふるえたように——ベッドを二つ入れるとほぼ空間のゆとりというものがなくなるマンションの「主寝室」の窓側のベッドの上で目を覚して、苦々しさが夢の中でも、目を覚しても続いていることにうんざりする。もうずっと以前に見た映画の中で(役者が登場すれば、売れない、という設定に決っている、監督がシナリオも書くし主役も演じるタイプの)主人公の男は役者で、幾つもの物語が舞台の上で錯綜する『真夏の夜の夢』の職人たちの祝婚の劇中劇で演じられるバビロンの伝説の田園風恋物語の、恋仲をひきさかれ、わずかに壁の穴越しに熱い吐息を確かめあう恋人たちを、へだてると共に小さな穴によって吐息の熱さを伝える「壁」の役を、灰色の衣装を着て、親指と人差指を丸めて壁の穴を作って演じるのだったが、壁の穴を通して二人で逃げる約束をしたピュラモスとティスベは、人目を避けて墓地で落ちあう約束をするのだが、先に来たティスベが獅子と出会い、薄い被り物を落して逃げると、獅子は（まだ若いオスだったのだろう）薄い布地にじゃれて爪を立てボロボロに引き裂いてから、猫と同じように、あきてしまって姿を消し、そこへやって来たピュラモスは恋人が獅子に殺されたと思って絶望し、短剣で自らの心臓を刺して果て、戻って来たティスベは恋人の変り果てた姿を発見し、彼女も絶望して同じ短剣で自らの命を絶つという悲劇を「壁男」は知るよしもないのだが、広範囲に存在する私たち（読者とも呼ばれる）は、バビロンの恋人たちの誤解による悲劇が、ヴェローナの墓地で繰りかえされたことを知っているし、「壁男」を演じる俳優は、野心的な学者兼演出家に、ピュラモスとティスベの物語が十六世紀のヨーロッパでは広く知られたものだったことを教えられもしただろう。「あなたのいない世界なんて、生きるにあたいしない」し、恋以外の「人生なんて家来にまかせておけ」と言うではないか。彼（「壁男」）が恋しているのは、いたずらな妖精のパックを演じる小柄で細っそりしたスーザン・ストラスバーグといった演劇少女タイプではなく、妖精の女王を演じる無名の小劇団の女優（NYの）という範疇の中では、ゴージャスでグラマラスな中年女で、いろいろと（そう大してドラマチックなことではない）出来事があって、主人公の売れない役者は、恋する女優と真夏の夜の夢のような一夜の恋を経験する、と言ったような（シナリオ・ライターでもないのに）余分なことを、私は寝がえりをうって壁を見ながら思い出したりするのだったし、毛皮に隠されて見えない傷口（黒と茶色の縞のように鈍痛と疼痛が全身を覆っている）の痛みに耐えている猫を飼っていたのは（毛皮に覆われている見えない傷口はやがて、牙やかぎ爪を汚染していた種類は知らないが黴菌のせいで皮膚の内側で化膿して赤く熱をおびて腫れあがるのだったが、どうしてそれが外側からも判断できたかといえば、化膿した部分の毛が脱け落ちてしまうからで、私は母に言いつかって、薄暗い薬品棚の奥に、アルコールの入ったガラスの保存容器に何体もの胎児——月ごとに大きくなるので、三日月から十三夜の月くらいまでの大きさとも言える——が浮かんでいるのが、妊婦向けの教育目的なのか、それとも堕胎をいましめるためなのか、陰気な科学教室のように並べてある薬屋に、ダイアジンと黄色の地に赤いタコの絵が印刷された全体としては緑色っぽい箱入りのたこの吸出しという緑色をした軟膏を買いに行き、母は一錠のダイアジンをスプーンの底を押しあてて細かくくだいて粉末状にしたものを猫に無理矢理飲ませ、腫れあがった傷口に緑色のネトネトした軟膏をぬり、その上に小さく切ったオレンジ色の油紙を張りつけるのだった）ずっとずっと昔で、そう、私も小さい子供として母に飼われていたような頃だ。もちろん、と思いながら私はベッドで横になったままツバを飲み込もうとするのだが、鼻と口腔の奥のあたりと扁桃腺が腫れていて、ツバが咽喉にひっかかるのだ。もちろん、猫も母も、とっくに死んでいる。

　それにしても、彼女はどうして黙ってここを出て行ったのだろう。どうやって出て行ったのかを想像するのは簡単で、もともと彼女はスーツケースを一つと大きなトートバッグともう少し小さ目のショルダーバッグという、軽装と言えば軽装と言えるいでたちで、以前、住んでいた（もちろん、一人ではなく、友達と）マンションの部屋（ここのこと）のインターフォン越しに、いったいあなたは誰なのか、あの人は今留守なのか、あなたは彼の友達なのか、留守番をしているのか、と言ったようなことを矢つぎばやに、批難がましいとも言えそうな硬い調子の声で問い、私が自分はここに引っ越してきたばかりで（一週間もたっていない、昨日か一昨日からここにいるのだ）、あなたが言っている人は、かなり前に（と言っても、いつのことかは知らないけれど）ここを引き払って、だからこそ、ぼくは不動産屋（いやらしい甘ったるい匂いの整髪料を大量につけて抜け落ちていないのが自慢らしい黒く染めた髪をオールバックにした、いけすかない気取った熟年の男）と契約を結んでここにいるわけで、ぼくたちがこの部屋を借りることにしたのは三ヶ月前で、その時、もう前の借り主は引き払っていて、当然、業者が入って内装やらキッチンやら風呂やらを新しく直した後だったわけで、もちろん、前に住んでいた人のことは知らない、前の住人の新しい住所は不動産屋が知っているだろう、と素っ気ない調子というよりも、彼女の切迫した調子と無雑作で投げやりな感じがまじりあったハスキーな（ということは、正確には、セクシーな）声と喋り方に感じてしまった好奇心（私は三週間後には婚約者——今は仕事でＮＹにいる——とここに住むことになっていて、あれこれの家具はまだとどいていないものの、ベッドだけは入っていた）のせいで（ハードボイルドの古めかしい小説とか映画の中では、不気味な小男が主人公を猫のたとえを持ち出して脅すのだ。猫がなぜ身をほろぼすか知っているかね？　好奇心が強すぎたせいだ）入口のドアを開けるボタンを押して、彼女を招じ入れてしまう。猫は、もちろんそれ程好奇心が強いわけではないけれど、私と彼女（NYでの仕事をしている）は婚約を破棄する。NYから電話で、新しい恋人が出来たので（どれ一つをとっても、あらゆる点ではるかに私より秀れているらしいことが簡単な数語だけの説明でも納得できる）、そうしたいと言ってきたのだ。もちろん彼女は、私が美しい謎めいた宿命の女《ファム・ファタル》との恋に溺れているとも知らず、あなたに対する自分の残酷な仕打ちは万死にあたいする、とかなんとか訳のわからない陳腐な右翼が敵を罵倒する時に使うような言辞を弄して、わざとらしく泣くのだった。

北京の胡同《フートン》のレンガ塀に囲まれた庭から路地に花の咲き乱れた枝を垂らしているジャスミンなど、見たことはないのだ。生の花としてのジャスミンの香り（むせかえるような香りだった、と北京で暮したことのある母は言うのだが、私はサツマイモを蒸したり茶碗蒸しを作っている蒸し器から、むせかえるように立ちのぼる白い湯気にまじる甘いサツマイモや出汁の匂いに息をつまらせる）も知らないのだが、古びて茶色のシミが浮かんだ粗末なワラ半紙の、表紙も奥付けもとれてしまった本の残骸とも言うべき何十ページの紙の束の柱に横組で左から右に「馨素の同胡」と印刷してあったそれを「胡同の素馨」であり、「フートンのジャスミン」と読むことは、粗末な本の残骸を読まないとわからなかったのだが、数ページをパラパラと読めば、それが多分、小説（通俗メロドラマに決っている）だということはわかるものの、なぜそんな小説（見た目からして残骸然とした）が母の遺品の中に入っていたのだろうか。

　密閉とまでは言わないまでも、桐のタンスの二段分程の大きさの、鉄の金具のついた衣装箱の中に、他のガラクタ同然の物と一緒に入ったまま、長いこと誰も箱を開いたりしなかったのだから、本というよりは本の残骸としか言いようのない薄い紙の束は、それほど茶色のシミを浮かべたり酸化しなくてもいいのではないかと思うのだが、桐の衣装箱に一緒に入っていたすかし彫りのあるビャクダンの骨の扇子に張った薄いすきとおった絹地——ボタンの絵が描かれているのと、もう一つの扇は男持のもので黒っぽい竹の骨で絹地には山水の画と、よく読めない漢詩らしき文字——は茶色っぽく、まるで煙草のヤニがこびりついたように変色しているだけではなく、ボロボロに虫喰いのあとがあり、同様に色褪せて虫喰いの穴が虫の貪欲さを示している何着かの支那服（それを誰か——若い時分の母？——が着ていた頃には、淡く輝くバラ色だったのかもしれない張りのあるしなやかな絹地の支那服の特徴的な襟のあたりからスリットの入った裾まで、一本の木の蔓状の枝に咲いている白い——薄茶色のまだらに変色しているが――小さな花と緑の葉と蔓のこんもりと糸の盛り上った刺繍にも、虫喰いのあとが無残にのこされている）や、フランスの香水の小さなガラス瓶（底にすっかり蒸発してひからびた茶色のカスがこびりついていて、かすかではあるけれど濃縮された香料のにおいが残っていて、箱の内側には、香水のにおいと、ずっとずっと大昔に入れられた和紙に包まれてとっくに蒸発した樟脳と埃と布と紙とジャスミンの押し花のにおいがまじりあったいわば香りのミイラが箱の中から微かにゆらいで立ちのぼる）や、薄っぺらな粗悪な紙を束ねた小説の残骸（と言っては、いかにも小説の内容について言及しているようなので、破片、あるいは、聞こえの良い言い方をすれば断片）のページに何枚か入っている優美な線描のさし絵の中に描いてある胡同の庭の四つの端がそりかえった屋根のある四阿《あずまや》――池の中央の島にあって、主人公の女と恋人は、そこで人目をしのんであいびきをする――に吊り下げられている絹地を張った小さなランタンにそっくりな朱色の塗りがはげ落ちて錆の浮いた残骸（女主人公は胡同の中の古い四合院と呼ばれる屋敷に住む若い第三夫人で、池と四阿の場所や位置関係を熟知しているから、先にそこへ行き、小さなランタンにあかりを点して恋人が来るための目じるしにするのだが、やがて、あかりは熱い吐息によって吹き消され、恋人は着ていたバーバリイの外套を脱いで床に敷き、横たわった若い第三夫人の細っそりした腰に腕——芸術家らしいので、たくましくはないかもしれないが、その男が彫刻家だったら、がっしりした体型だったかもしれない——を回してそっと抱き、スリットの入ったたった一枚の布を二つにたたんで作っただけなのに、無限のニュアンスを布地とそれをまとう肉体の特質が生み出す東洋のドレス、と物語の作者が描写する支那服の小さな布製の細工ボタンを外し裾を片側にたたむようにして脚を開き、池の上をカエルの鳴き声と晩春の微風が渡って小波がゆらめき、もちろん、庭のジャスミンの甘くかぐわしい香りが四阿の二人を新月の夜の部厚い柔らかな闇——屋敷の者たちは寝しずまっている——と一緒に包みこむのである）とか、支那の刺繡がびっしりと施された小さな布製の婦人靴を模した形の陶器に精巧な花鳥の図柄が鮮やかに描かれた灰皿やオセロが母親に贈られた魔力のあるハンカチというのは、こういうものだったのかもしれないという気のする（赤い絹地に黒い糸で蝶々や鳥や虫が蔓性の植物に実った果実のように渦巻いている図柄の刺繡が刺してあって、赤い地色は褪せているし、もちろん虫喰いの穴が図柄を侵蝕しているのだが）刺繡のハンカチといったものは、もうずっと昔、母が死んだ後、庭の柳の木の下の猫の墓の近くに箱ごと埋めたのだったが、柔らかい絹のストッキングに包まれていて何一つ傷んではいなかった婦人靴の形の陶器の灰皿だけは、しばらく私の手もとにあったはずだし、その小さな陶器の靴は（シンデレラの脱げ落ちた片方の靴——左足だったのか、右足だったのか、本の中には書いてなかったのか、それとも私が忘れてしまったのだろうか）、一足の組みになっていて、紙巻き煙草の吸い殻が二本か三本入っただけで一杯になってしまいそうな大きさで、まるで酒杯かお茶用の茶碗のように繊細なのだったが、靴をてのひらに持ちあげると、爪先きに薄紙に包まれた何か固い小さな物が入っているらしい微かに鈍く——カサカサした薄紙で作られた緩衝地帯が陶器と石が直接ぶつかるのを押えていたのだ——チリっとした音がして、紅い薄紙をつまんでひっぱり出すと、小さな婦人の小指用くらいのサイズのヒスイと白玉《はくぎょく》の蛇を彫った指輪が入っていて、いつ頃までだろうか、陶器の婦人靴の灰皿と微細に刻まれた小さなウロコと虫ピンの頭より小さな紅いルビーの目の、私の手のどの指にも小さすぎてはめられない——小指の爪のところに、小さな冠のように載りはしたが——それが机の引き出しの中に入っていたのは——。

小さな、左右のそろった陶器製の靴の灰皿は踵のところに吸いかけの煙草を載せておく凹みがあり（紫と白の煙を吐くカイコを休息させる、と、残骸の小説というか小説の残骸の作者は、登場人物の胡同の一角を占める古い屋敷の主人が煙草を吸うシーンの台詞に書いている）私はあの、宝石箱のような灰皿を使ったことがあっただろうか。

私の記憶力のせいというより、表紙も奥付けも大部のページも散佚していて残されたページしか読んではいないのだから、本当のところ（本当のところ？　いわば、「胡同《フートン》の素馨《ジャスミン》」の作者の書きたかったことだろうか？）それは私が考えているのとは、まったく違った物語だったとしても不思議ではないけれど、そんなことはどうだっていいことだ。

こぼしたジャスミン茶で染められて紙の表面に凹凸が出来たうえに茶色に変色したページに印刷された言葉と、優美なペン画の線の中で、語り手が（日本語で書かれているのだが、語り手の「私」は支那人なのか日本人なのか、それとも小説に登場する傍役の支那と英国の混血の上海に住む女医と同じように、外側から中国を見ている人物なのは確かで、もしかしたら、はっきりとはわからないのだが、絹の布地や毛皮や宝石といった高級婦人用品の数々を扱っている知識人でもある商人なのかもしれないし、観察と描写の凝りすぎていて滑稽とも言える繊細さから考えれば、十九世紀生れの芸術家ではないだろうか）たしか、牡丹の名花を育てている知人や友人の庭を巡るために胡同を歩いている時だったような気もするが（ジャスミンと牡丹は同じ時期に咲くのだろうか）夕暮れの紫色と薄紅色と水色の混った空の下の、灰色の石とレンガで出来た塀に囲まれた迷路のような石畳の路地を歩いていると、女が低い声で男にささやき、それに短かく答える男の声を耳にするのだ。あたしたちお互いに盲目にならないようにしましょうね、あなたは、僕は理性的に行動したいって、おっしゃってたじゃありませんか、世の中には恋で滅びる人もいるけれど、あたしたち、静かに、落ちついて、待ちましょう。語り手は、その声の主が、牡丹園を見物してきた友人の若く美しい第三夫人だと気づく。友人の家を出てずい分歩いたような気がするのだが、酒のせいで迷路のような道を間違えたかもしれないという気もするものの、今、耳にした声は、昼の宴会の席で紹介された夫人に間違いはなく、しかし、ここはまったく別の名のついた街区なのだ。この語り手を取り囲んでいるかのような長い長い灰色の塀には、小さな隙間があり、そこから声が花の香りに混って微かにもれてくるのだ。

紙の束の残骸には柱と一緒にページ数も印刷されていたはず（というより、そうに決っているが）なのに、私は何も覚えていない。長篇の一部分だったのか、それとも短篇なのか、もちろん、あたしたちお互ひに盲目にならないやうにしませうね、と旧仮名で書いてあったはずだし、石の塀の小さな隙間は二人のしのびあう恋人たちの郵便ポストの役割をはたしていたのが、どうして屋敷の召使いに発覚したのかも、もちろん、覚えていない、というより読んでいなかったのかもしれない。彼女は一ヶ月か、あるいは二ヶ月私の部屋にいて、私にあっさりと何の興奮もなく体を許したが、当然、あの見知らぬ「宿命の男」から受けた甘美な傷を忘れることができなかったのだ。あたしたち、静かに、落ちついて、待ちましょう、と、絹の支那服を着た若い女は誰を説得していたのだろう。池に浮かんだ島のランタンの吊るされた四阿でバーバリイの外套（作者は書いていないのだが、コートがトレンチかそれともステン・カラーのコートかで、私たちはその男について、ある程度のことは見当がつくだろう）を床に敷いた男と同じ男だったのだろうか。小説どころか、小説の残骸のワラ半紙の束さえ、もう残ってなどいないのに、私は時々、甘美さに少し戦慄しながら考える。語り手は知っていたのだろうか。

廃墟の旋律

……いわば当然のことを認識させられただけのことなんだとしつこく自分に言い聞かせたが、それでも頭がズキズキ痛み、なんとも言えないさびしさが心を襲った。アルファ・ロメオはコートダジュールの紺碧の風景のかなたに消えてしまった。

山田宏一『友よ　映画よ』

芝居の俳優を男たちが伝統的に受けついでいる一家（と言うのですから、カブキのことでしょう）の、いろいろな意味で甘やかされたスターが、家の女中と恋におちる古めかしいメロドラマで、なぜビジネスマンの彼がそんな戦前の日本映画を見たのかと言えば、以前のガールフレンドの影響なのです、と、彼女はNYから手紙に書いてよこす。

カサカサした乳白色の薄いトレーシング・ペーパーのような航空便用のレター・ペーパーに、青いインクの細字用ボールペンで書いた細かな字で、彼女は用件を伝えるために、自分では見たことのない、知りあいになったアメリカ人のビジネスマンが筋立てと印象深かった場面を説明してくれた映画が、一体何だったのか、あなたならわかるはずでしょうから、教えてください、タイトルやその他の情報（ヴィデオがあるかどうか）を彼に伝えてやれば、私は仕事の上でも一歩リードすることが出来ます、といった意味のことが書いてあり、むろん、私にはそれが何なのかすぐにわかるのだし、その時の彼女の手紙から、まだそういった関係になってはいなかったとしても、書き方から半ばはそうなると予測していた新しい彼（それも金持ちであるばかりか、宿命の恋の）が記憶していたという印象的だったと言って説明した場面の趣味については、いわば、我意を得たり、という共感さえ感じたものだった。家中の者たちは、贔屓筋の招待で屋形船に乗っての大川の川開きの花火見物に出かけ、一人で留守番をしている若い女中に、芝居の二枚目俳優である若い男は同情を感じて、井戸で冷やしておいた西瓜を一緒に食べようと提案し、若い女は、遠くから花火を打ち上げる音が微かに鈍く響いてくる古い重厚な作りの民家の台所で、まな板と包丁を用意して、大きな一かかえもありそうな丸い西瓜を切ろうとすると、主家の若い男が笑いながら、お前には無理だよ、こっちにお寄こし、と菜っ切り包丁を取り、充実して丸い球体に冷たい銀色に光る包丁をあて、外側を覆う果実の皮の堅さと内側のみずみずしさが、サムライの刀とはまるでおもむきの異る刃物によって、小気味の良いみずみずしくかわいた音をたてて二つの（モノクロの画面なのに、色彩の鮮やかさが眼にしみる）半球にわかれて、画面の中で光をはなつ、とは、むろん、NYのビジネスマンが語ったわけではなく、単に、丸い大きな西瓜を主人公の男が薄暗い夜の台所で切るシーンが奇妙に印象に残った、と言っていたと、彼女が几帳面な小さな文字で内容は粗雑に書いた手紙を読んで、私がそのシーンを思い出しただけなのだが、もちろん、賢し気にそれがどういう映画であるのかを手紙に書いて、彼女に送る。彼は、とてもセンスの良いアメリカ人のようですね。その時、彼女はもうそのアメリカ人と性交をしていたのだろうか、それとも、まだ何もなかったのだろうか。

『残菊物語』のヴィデオは発売されていなかったので、私は、花柳章太郎ではなく別の国の別の時代の男が、ヤルタの海岸通りの避暑客向けカフェで声をかけた白いスピッツを連れた若い人妻のホテルの部屋に行った時のことを思い出して、ぼんやりする（かさかさと音をたてる古い本の紙のページ）。白いスピッツがいつも後からちょこちょこと付いて歩いていたせいで、彼女は「犬を連れた奥さん」と呼ばれていたのだが、その時（二人が性交していた時）、部屋にスピッツはいたのだろうか。吠えもせずに。それとも白いスピッツは少しだけ開けたドアの隙間から男の手で廊下に押し出され、クンクン鳴きながら待っていたのだろうか。彼女は、昔風には「貴婦人」と呼ばれていて、と言うか訳されていて、そう、昔見た本のタイトルには「小犬を連れた貴婦人」と書かれていたのだったが、もちろん、彼女はアンナはアンナでもカレーニンではないし、領地名のついた貴族の称号《タイトル》（伯爵夫人とか公爵夫人といった）を持っているわけではなく、ただの良家育ちの、S市の役人の夫人なのだから、小説のタイトルはもちろん「犬を連れた奥さん」が正確なのだ。

　蒸暑い部屋（部屋から海は見えただろうか。白い壁の中の長方形にくりぬいた窓の白く塗った鎧戸の向うに青い青い海は見えただろうか）には日本人の店から買って来た香水の匂いがこもっていて、ガラスのコップのぬるくなった水の中には、桃色の紙で作った、カワラナデシコかマツバギクのような花弁の先端が細かなギザギザになって裂けている水中花が開いていて、まるで紙の花が呼吸をしたかのようにコップの内側のガラスに小さな気泡がはりついているのだったが、部屋のテーブルの上には西瓜があって、はじめての性交のあとで、男はそれを「一きれ切って、ゆっくり食べ始めた。少なくとも三十分が沈黙のうちに過ぎ」、どっちにしても、香水の匂いと西瓜の野菜とも果実ともいえるような青くさい匂いのまじりあった沈黙の時間があったことを、私は覚えている。

それから私は、白いウサギの毛皮を針金と木綿わたの芯に、ウサギの皮から作った膠《にかわ》で接着して黒いビーズで眼玉と、軽くとがった鼻面が出来ているスピッツ人形のことを思い出す。三角の小さな耳と丸い額と頭、とがった口吻の先きの黒い鼻面、フサフサした長い毛に覆われた胴体と細い足の白い犬のことを、母親はぬいぐるみと言わずに人形と呼び（多少、疑問に思っているという表情が、そう口にする時にあらわれてはいたが）、その、いやらしいスピッツ人形は本棚と食器棚を兼ねたガラス扉の家具の上に飾られていた（というか置かれていた）のだったが、いつの間にか行方不明になり、後になってトラ柄の飼猫が膠の匂いに魅惑され、何度も何度も犬歯で嚙みつづけてバラバラにしてしまったことが判明し、母親はトラ柄の猫の尻を平手でペタペタ叩きながら、悪い猫だ、悪い猫だ、と言うのだったが、私はもちろん秘かに、あの不快なウサギ皮のスピッツを殺した猫の味方なので、その後で猫に煮干しを三匹やり、猫はかさかさした頭の部分を残してガツガツと煮干しを鋭い犬歯で嚙みくだく。

その西瓜は、大きな球体ではなく、海に面した乾燥した砂地で採れた小さなラグビー・ボールの形をした小型の西瓜で、ホテルに長期滞在する保養客へのサービスなのだけれど、もちろん、アンナ・セルゲーエヴナは、部屋の窓辺にある小さなテーブルの上の盆に、白い陶器の皿と銀色の小ぶりのナイフと麻のナプキンと一緒に置かれたラグビー・ボール形の小ぶりな西瓜（その時代のロシアでは、横縞のユニフォームを着てゲームをする男たちを描いたアンリ・ルソーの絵を見てもわかるようにフランスでだってサッカーとラグビーの区別などついてなかったのだし、アメリカでさえ、アメリカン・ラグビーと言うべきところを、アメリカン・フットボールと言っていたのだから、あの西瓜を紡錘形とか楕円体とか、単に長い、と呼びはしても、ラグビー・ボール形とは言いはしなかっただろう、と私は、NY宛の手紙に書いた後で考えたものだったが、長い長い、ほぼ、相手のことなど気づかうどころか、自分の書きたいことを書くだけの手紙なので、ひけらかした知識の間違いは訂正せずにはいられないものの、もうその時に彼女はすでにアメリカン・フットボール用語で言えばタッチ・ダウンされていたのだから、そのような訂正などに、なんの興味も持たないだろうということくらいは、私にもわかった）を食べはしない。

　性交というものが多かれ少なかれ汗ばむ運動であるにしても、まだ初々しい娘のように見えるし、気持の上でも幼い彼女は夫以外の男との〈不貞〉の情交を、堕落であるかのように考え「それはいかにも奇妙であり、この場にふさわしくなかった。気落ちしたような顔の両側には長い髪が悲しげに垂《た》れ下がり、打萎《うちしお》れたポーズで考えこんでいるところは昔の絵にある罪深い女にそっくり」の陳腐さで、おまけに彼女は、ついさっきまで自分の体の上で荒い息を吐いていた不貞の相手に「もうあなたにどんなに軽蔑されても仕方がないのね」などと言い、ドミートリー・ドミートリチ・グーロフ（私は、同じ音が繰りかえされるのがどことなく喜劇的な悲哀感を響かせるロシア語の男の名前から、アカーキー・アカーキエヴィチの名を思い出す）に作者は、アンナとは対照的に情事なれした中年男の図々しさを示すように、テーブルの西瓜を食べさせるわけです、などと私はまるで引用を示しながら文学批評でも書いているような調子で、作者の書き方の巧妙さを指摘してみせたりしていた時（もちろん、得々と）、彼女は、眼の縁を赤く染めて（発情すると、眼球の表面の白い部分が薄青っぽくうるむだけではなく、黒い長い睫毛にかこまれた眼の周囲の内側も外側も薄い皮膚全体が充血して桃色に腫れあがるので、レストランで食事をしている時などはサングラスをかけて隠したものだった）、アートにもそれなりに関心のあるビジネスマン（そのアートが投資の対象になるかならないかという観点からだが）の顔を見上げて、バブリーな馬鹿デカイワイングラス（赤と白の斑でフワフワした半透明な尾びれを揺り動かして泳ぐ琉金か出目金の一匹くらいは飼えそうな——緑色の水草も一本——球体状の空間のある）の縁を合わせ、バカラとかそういった高価なクリスタル・グラスがたてる透明で涼し気な音が、二人の酔いで熱くなった耳の鼓膜を性的興奮で熱くなっている吐息のように撫《う》った瞬間だったかもしれない。こんなことになって、と彼女は日付けも前日の過去の土地から、電話でかすれ声で言う。今耳にしている彼女の声はわずかに十何秒か前に発声されているのだ。「もうあなたにどんなに軽蔑されても仕方がないのね」

　えっ？　と私は思わず聞きかえす。あなたに対する残酷な仕打ちは万死にあたいする、などと、訳のわからない陳腐な軍人用語のようなことを言い、それはもちろん、つい最近知りあった人物と信じられないような激しく真剣で運命的な恋に落ちたから、あなたとは別れることにしたいのだ、という自分勝手というか自己中心的で狂気じみたいいぐさのロマン主義的主張のことを言っているらしいのだが、彼女はさんざん泣いた後で、自分は当分の間、そっちには戻らないから、あたしたちが住むために借りて、すでにあなたはもうそこで暮しているマンションの部屋と、デパートで買った家具類はあなたの考えで処分してほしい、契約金も礼金も前払い分三ヶ月の家賃も家具の頭金も自分が払ったけれど、違約金として向うに支払う分を差し引いた払い戻し金は、そのままあなたの口座に振り込むようにと言うのでは、変な言い方になるのを、くれぐれも誤解してほしくないのだけれど、それではまるで手切れ金（金額を暗算した後で、私は、という程の額であるものか、と、みじめったらしく内心、思う）のように思われかねないので、あたしの口座に振り込んでくれたらいいし、もし、あの部屋（一人暮しには広すぎると思うが）を借りつづけるのであれば（二人の思い出が滲みこんでいる、という程、あたしたちはあの部屋で過したわけではないし、ほんの何回か――まだベッドもとどいていない部屋のキッチンや居間やバスルームやテラスの床の上で婚約をしているカップルなら誰でもするような刺激的なセックスはしたけれど、といった思い入れだったろうか）、そのまま使ってくれたらいいと、彼女は言うのだったが（言外には、もし、あなたが家賃を一人で払うのが負担でなければ、と思っているのは、あえて口に出さず）、そう言っているのは、あの時ではないし、あの時だって、彼女はここではなく一日前の日付けの土地にいたのだし、いくら何度も何度も彼女の語ったのみ込みにくい言葉を胃袋から吐き戻しては――苦く酸っぱい胃液と一緒に――反芻したとはいえ、私の記憶というか解釈と、そもそも彼女に対する複雑な感情のブレが、言ったことになっている言葉に影響しないわけはないし、それに、この部屋は、いや、あの部屋と今では言うべきだろうが、別の女と出あって別れた場所でもあるのだ。

それにあの、スクリーンの中の西瓜について、NYに住む見た目にも美しい男は本気で考えたこともないし、時代が時代なのでそうした本性を露わにすることは控えているものの、西瓜というのは南部の黒人が好んで食べる貧乏くさい、デカイだけの水っぽい果実で家畜（主に豚だね）のエサにするものだと考えているのに決っていて、日本に生れていたら、子供の頃、妊婦の大きな臨月の腹のことをスイカッパラなんて平気で言う奴なのだし、たまたま、以前のガールフレンドとNYのフィルム・センターで見たというより半分以上は眠っていた『残菊物語』のシーンを、日本人の女を口説くために使ったというだけのことに違いないはずだろう、と思えるのだが（今ではもっと確かに）、彼女に手紙を書いた時、乳白色というか、レター・パッドとして何十枚かが重なっていると銀灰色にも見えるカサカサした薄くて軽い航空便用の紙に青いボールペンで手紙を書いた時、そう、その時に私は、ただ自分だけのためにだったかもしれないが、『マジェスティック』のことを書きもした。コロラドの乾燥した砂地の農場で家畜用（豚だ）のエサの、アメリカン・フットボールのボールのような西瓜を作っている男（もちろん、過去に何かがある）のところへ、メキシコから長い道をトラックに揺られてやってきた不法移民労働者の女が尿が溜って耐えられない程ふくらんでいる膀胱を自由にする必要からトイレを借りるために立ち寄る、ざらざらと白っちゃけた土地と西瓜が出てくる、まったくゴージャスなところのない、荘厳《マジェスティック》なというタイトルにもかかわらず不思議なアクション映画で、まったく違う映画なのに『殺人者たち』のリー・マーヴィンを思い出すのです、と書いて、なんでそんなことを、彼女あてに書くのかわからずに途中でやめてしまったのだったし（書きかけの紙を一枚、化学糊で、本のそれぞれの部分をさす名称で言えば、天の部分を固めた紙の束から剝ぎ取って、グシャグシャに丸める）、私は、ひどいものだ、と呟く。眼を瞑って。

あれから、乳白色のグラシン紙のようにかさかさと音をたてる紙を丸めて捨てた時から、どれ程の時間がたったのだろうか。両方のこめかみがズキズキと痛むのだから偏頭痛ではないのだけれど、比喩的な意味での頭の痛さを除けば頭痛持ちではなかったので、私はこめかみのズキズキする痛みを、偏頭痛に悩まされていた母親の真似をして偏頭痛と呼んでいるのだったが、もちろんそれは自分専用の呼び名だったし、多分、風邪をひいて熱があるのだ。こめかみのズキズキする頭の発熱のせいで、羽根枕のカヴァーは湿って熱くなっていて、寝がえりをうつと、こめかみと頰と耳殻がひんやりしたシーツの布地に触れ、ひどく敏感になっている顔の側面の皮膚は平織木綿の織目の細かな凹凸に熱がこすられながら吸い込まれてるのを感じ、涙を流し、深い眠りにおちて行ったのだが、私は（私の状態は）、たしかに、ひどいものだった。これは「酷い」と漢字で書くべきではないだろうか、と私は考えた、……ものだった。

考えてみれば、私は、もう誰に手紙を書いているのかも忘れて、そう、書き出しでは、あなたが帰って来るのが待ちどおしい、とか、ふと、いわば待たされている女が感じる不安にかられたかのように、でも、なぜ、あなたがぼくなんかを愛してしまったのか、と考えこんでしまいます、あなただって、きっとそうではないですか、などと書いたかもしれないのだが、彼女は電話で、やや事務的にもきこえる低い落ちついた声と喋り方で（ここは確か八階か九階のビルの一室なので、曇った暗い青灰色の空には、様々な建物の夜間飛行をするヘリコプターや飛行機用の赤と白の標識燈とかビルの窓や非常階段の常夜燈のあかりで、うすぼんやりとした明かるさが反射されているので、今がいったい何時頃なのか見当もつかないし、それに、彼女は、前日の日づけの土地にいるのだ）、あなたからもらった手紙は、まとめてそちらに送ってもいいし、もしそれがいいと言うのなら、こちらで事務所のシュレッダーにかけるけれど、と言うので、もちろん、それがいい、と答え、もうずっと昔、フランスで、作家になる以前の少年が、十九世紀の末のサロンの来客用アルバムの英語で書かれたスノッブな質問に答えて書いた、「女性の長所として考えているのは〈男のような勇気と、友だちづきあいにおける率直さ〉なのだし、男についてならば〈女性的魅力〉」という言葉を思い出して、少し笑ってしまい、彼女は私の、ため息のような、しかし、あきらかにしのび笑いを、絶望のあまりと誤解して、あたしを責めているのね、と悲しそうな調子で言うのだったが、考えてみれば（後になってから、ようするに、つい今かもしれない）、私が思わず笑ってしまったのは、人間は天国にも行こう、金持にもなろうというわけにはいかない、と、かつて、十九世紀の詩人が言ったのは間違っていたな、と思ったからではなかっただろうか。彼女たちは（もうあれから長いこと消息を耳にすることもないのだが）、もちろん、何回か、社会的地位は危機に見舞われたかもしれないし、考えてもみなかったけれど、もうとっくの昔、恋愛関係だか結婚関係だか何と呼ぶにせよ、カップル性に破綻をきたしているかもしれないのだし、とっくに別れているかもしれないのに、私はそうは少しも考えず、長いこと「夢」の中の、天国にも行けそうな様子で抱きあい、あの時からもっと金持ちになっている二人に苦く惨めな敗北感（子供の頃かかっていたロクマクの、じっとりと体にまとわりつく濡れたガーゼのような盗汗《ねあせ》とまじりあっている）を味わい（味わわされ、と、うらみがましい受動態にしたいところだが、味わったのは私なのだ）、そのうえ、私の無口な宿命の女《ファム・ファタル》は、不意に部屋にやって来たあの女は、今となってはそんな女が本当にいたのかどうかさえ曖昧になってくるし、私は、かつてこう書きはしなかっただろうか（いや、書いたのだ）。建物の裏手には河があって、ロビーの窓から小さな蒸気船が時々通り過ぎるのが見えたし、半地下室の調理場の窓から、バケツに入ったジャガイモの皮や腐ったりんごやコーヒー滓やその他の得体のしれないごみを勢い良く運河に投げ捨てているのを見た。たいていのごみは水の飛沫をたてながら黒い水のなかに沈んで行ってしまうのだが、沈まないでいつまでも黒い水の表面に浮いている三日月形のスイカの皮が、船の水脈のたてる波のゆらめきにゆすられ、齧られた歯形の残っている赤い果肉の残った白い腹と緑色の縞の皮を交互に見せながら浮き沈みして〈わたしは咽喉の渇きを覚える〉。あるいはスイカの湿った赤い切り口への〈つきあげるような欲望〉を感じる。ふいに〈背景に父が立っていて〉多分私は、ひどく困惑するはずなのだ。

水を飲むクレソン。走る水。斜面に生えるとねりこは、
そそけ立つ藪や這いまわる茨の下で、
節くれ立った黒い足をのろのろと縮めている。

ヴィクトル・ユゴー「アルブレヒト・デューラーに」
安藤元雄訳

古びて茶色のシミが浮かんだ粗末なワラ半紙の、表紙も奥付けもとれてしまった本の残骸とも言うべき何十ページ（いや、百ページを越す程はあったのだろうか）の紙の束の奇数ページの下には柱があって、そこに書いてある文字が、本のタイトルなのか、それとも一冊の本に収められていた一篇の短篇小説のタイトルなのかは判然としないのだが、戦前に印刷された本なのだから横書の右から読むべきものなのだと、わかってはいても漢字は「馨素の同胡」と読んでしまうし、それに他のページには片仮名でさらに謎めいて、日本語では語頭に来るはずのない「ン」ではじまるスワヒリ語のような語感の単語が「の」で結ばれている「ンミスヤジのントーフ」であれなんであれ、まだ子供だった私には、まったくわけのわからない言葉だったわけではなく、母は、昔はツバメのミヤコとも呼ばれた都市の「ホートン」の「シゴーイン」に住んでいた時のことを語る。ホートンとフートンの間のような微妙な響きの音で発音される胡同《フートン》が（どんな漢字なのか見当もつかないし、それが町の名なのか、それとも石造りの塀か壁に周囲をぐるりと囲まれた何家族もが池をかこんで同居する屋敷のことをさしているのかもわからないし、狭い迷路のような路地のことを言っているのかもわからないし、母の口から発せられる音としてしか知らない「ヘイチィマーホートン」という言葉は、私にとっては両親が新婚生活を送った場所という程の意味を持っている、いわば、花嫁の寝床とでもいったものだ）どんなものであるにしても、乾燥させて、少し日向臭い甘い香りのする花をお茶にもいれて飲むジャスミンの咲いている胡同だったかもしれない、そこも——。

　母は、花の蜜に寄って来る蜜蜂のことを——胴体に短い毛の生えている縞があるせいで——虫の猫とふざけて呼ぶので私はクスクス笑う。大きくて黒い獰猛な蜂のことを熊ん蜂というくらいなのだから、猫蜂がいたって不思議はないし、それに、花の蜜を吸うために花弁の中にもぐり込んでいる蜂を近くでじっと見ていると、黒と黄色の縞柄の腰をリズミカルに左右に揺らしていて、それは猫が狩の獲物——と言っても、町中に住んでいる猫が狩るのは、スズメや大きくても鳩だが——に狙いを定めて体をぴったり地面に伏せて相手に見つかりにくい体勢をとって、眼光鋭くお尻だけをもぞもぞと動かしてリズムを刻んで、跳びかかるタイミングを計っている時の腰の振り方によく似ていると言い、猫のつもりなのか蜂のつもりなのか、どちらかを真似て、白いエプロンの紐が花結びになって垂れているグレーのタイト・スカートをはいた太っているというのではないけれど、丸くてしっかりした腰を振って笑う。

「胡同の素馨」の作者の書いた物語の設定は、脱落したページのせいでその断片というか崩れた廃墟としてしかそれを知らない読者の目にも（もちろん、その読者とは私のことだ）、あきらかである。とばし読みをした小説（ばかりとはかぎらない、いわゆる「本」）の書評を書く書き手のように大まかな推測（たいていは当っているし、推測と大幅に異るような期待を裏切る物語などそうあるものではない）で言えば、胡同《フートン》という空間につきものなのがいろいろな様式の共同住宅なのだから――小さな瓢箪の形や長方形をした池や井戸や藤棚やミモザの木や、ジャスミンや、それにもちろん見事な大きさのボタンの咲く、亭《あずまや》のある庭をコの字形の建物が囲み、表と裏口の二つの門のある塀がそれらを囲んで隣家の塀に接していて門番の一家の住む小さな小屋が目立たない隅にあるのだ、と、ヘイチィマーホートンについて母親は説明する。チャコールグレーの屋根がわらの軒の下には長い灰色のザラザラした肌理《きめ》の石畳の廊下があり、一部屋ごとの扉と窓が庭に面していて、エンジ色の塗装をした背もたれに彫刻のある長椅子が軒下には幾つか置いてあって、そこに、昔住んでいた北京の年寄りは、香片《シャンピエン》とも呼ばれるジャスミン茶を庭を眺めながら飲んだのだろうけれど、四合院と呼ばれている、真ン中に池のある東西南北に四つの棟が整然と並んだ建物は日本の会社が社宅として借りていて、あたしたちはそこに住んでいたのだけれど、日本人の間にはそういった優雅な習慣はなかった——もちろん、誰だって想像するように、何組かの男女の恋愛が語られるのであり、小説全体を通しての語り手と思われる男は子供の頃から飲みなれたジャスミン入りのお茶に、小さな金貨をかたどった軽い味のゴマ入り焼き菓子を浸して食べて（ページが欠けているので話は途中からいきなりはじまってしまうことになる）ある物語を思い出すことになるらしいのだが、それが映画で見たものなのか、それとも、実際に知っている人物から聞いた本当のこと（と言っても、もちろん、「胡同の素馨」というフィクションの中での、実際のことや本当のことだが）なのか、私には判別がつかない。多分、香港か上海の映画会社が舞台で、こげ茶色のグログランのリボンが巻かれた灰色のソフト帽を被った主人公の若い男はシナリオ・ライターとして映画会社で仕事をしているのだが、若く知的な近代的女性（因循姑息なうえに動きがいちじるしく制約される支那服は着ず、体にぴったり張りついて体型を浮かびあがらせるセーターにスカートといういでたち）であるスクリプト・ガールと恋におちる。彼女には映画会社社長（どうやら暗黒社会ともつながりのある）の甥の婚約者がいるのだったが、甥の婚約者をシナリオ・ライター風情が横取りしたことを激怒して（甥ということになっているが、本当は息子なのかもしれない）もちろん会社を首にして、二人の恋が決して成就しないような方策を陰険な綿密さで立てて仲を引き裂くのだったが、物語の展開上というかタイトルの関係上（なんだかんだとあったことはあったこととして）二人は、北京の胡同の塀に囲まれたコの字型の家屋の一室に、ようやくひっそりと二人で暮せる場所を見つけたのだったが、語り手は、二人の運命に私は、ロシアの短篇小説のおわりの文章を思い出すのだ、と溜息をつくような、なつかしく古風な調子で記すのだったが、後になって私は別の本（文学批評なのだが）の中でその文章をもう一度発見する。

「もう少しで解決の道が見つかり、そのときはすばらしい新生活が始まるだろうと、ふとそんな気もした。しかも二人にははっきり分っていたのだが、終りまではまだまだ遠く、最も入り組んだむずかしいところは今ようやく始まったばかりなのだった。」

「胡同の素馨」の作者は、このロシアの短篇小説の最後の哀切でリアルな数行を涙なしには読めなかった読者の顔を、自分自身も含めて思い浮かべることが出来る、といった意味のことを書いていたはずなのだが、「胡同の素馨」の、逃亡して迷路のような胡同の奥に住んでいる二人は、上海ではなく、ハリウッドからやってきたのだったかもしれない。シナリオ・ライターではなく、ナチから逃れて亡命したドイツかオーストリアのユダヤ人の映画監督だったかもしれないし、スクリプト・ガールではなく映画女優だったかもしれないという可能性もあるとは言うものの、なにかそうした世界の持つ一種のはなやかなエロティシズムとでも言ったものが、それを読んだのかもしれない私の記憶からは脱け落ちている。しかしそれならば、〈肩にあたるところで二つ折りにした平らな絹の布地の首から胸にかけて斜めにハサミを入れただけの打ちあわせのある簡素な裁ち方で作られた両側の裾にスリットのある細っそりした伝統的な服〉に女主人公が着がえるという、私の記憶しているシーンの意味は、かなり違ってくることになる。

一つは、厚手の丈夫なスポーツ着風のセーターとスカート（スラックスだったかもしれない）という近代的でラフな服装をしている職業を持った中国娘なのだが、「胡同の素馨」には、〈透明なガラスのコップに注がれた湯の中で花開いた小さな偽りの花園〉と称される何種類もの〈細工茶〉が登場し、むろん、その中で一番重要なイメージを持つのは当然〈茉莉花《ジャスミン》茶〉なのだけれど、それを好んで飲むのは、桑港《シスコ》出身の中国移民の娘でサイレント映画の東洋の美女として、チャイナ・ドレス風デザインの桃色《ピンク》のラメのドレスの光芒（もちろん、タイトル画面に、ピンクのラメのチャイナ・ドレスと書いてあるのだ）に包まれて、体の曲線もあらわに、主人公の前に登場する女なのだ。どっちにしても、簡素な裁ち方の支那服に着がえるという行為は民族主義的な愛国心を意味しているにしても、スクリプト・ガールの場合は、西洋的な子供っぽい服から鞘《シース》状のドレスが、見えかくれに浮かびあがらせる女体の成熟、桑港出身の女優の場合は、あからさまに強調されて露出された曲線から、見えかくれにそれを浮かびあがらせる、しなやかな平面的布地を通しての、成熟のうえにも成熟した文化、とでも言うべき差異——と、私は習慣化した紋切型の思考についおちいってしまうのだが、スクリーンの上では、遠景に高層ビル群がかすんでいる土地で、掘りかえされた工事現場の巨大な穴の中に茶色と黒の混りあった毛皮の犬の死体が投げ込まれていて（いや、それはマドリッドの街を描いたアントニオ・ロペスの絵の中で見たのかもしれない）、画面がかわると、もうもうと立ちのぼる灰色の土埃の中に半ば以上壊わされた石造りの壁と建物が浮かびあがり、胡同の車輌が入るのには狭すぎる迷路（ジャスミンの庭の愛らしい銅の鈴を屋根に飾った亭《ちん》で、バーバリーのコートを床に敷いて女を横たわらせ、平らな一枚の布地で出来た絹の服のスリットをそっとめくるようにして女の脚を広げた男の、格子の裏地のついたコートは、トレンチ型だったのか、それともラグラン袖でステン・カラーのコートだったのだろうか、脱け落ちたページのせいなのか、書きもらしていたのか、もちろん、着ているコートのスタイルによって、二つのタイプのどちらかにすぎないにしても、その男がどちらのタイプなのかがわかるのに、と私は考える）に、ようやくブルドーザーが入り込み、破壊がつづけられる。胡同が瓦礫に覆いつくされた廃墟になっているのは、月齢が十日に満たない半月の頃の二、三日にすぎなかったと、壊わされた胡同に住んでいた老人は山水画家でもあるので漢詩の絶句（五言だか七言だか、平仄《ひょうそく》も押韻もわかりはしないのだが、耳には詩のように聞える音で）を歌うように語る。早朝、ブルドーザーがやって来て、組織的な権力と金のにおいのする暴力で破壊した瓦礫と一緒に小さな花園で一斉に花開いたジャスミンやボタンや杏やミモザ（あの黄色いうぶ毛に包まれた小さな球体の花房が風に揺れる様子をピヨピヨと鳴くヒヨコに喩えた詩人がいたのを、私は不意に思い出す）の木の根を掘りかえして運び去り、紅衛兵の眼をのがれていた胡同の屋敷の好事家の主人が創園したドイツ趣味のロック・ガーデンの岩山や植えられたとねりこや、作られた谷川の水辺のクレソンも、何もかもが一緒くたに、平らな土地にならして現代的な道路や建物に変えてしまうので、安《やす》んじて燕居《えんきょ》する場所もなく廃墟でさえ存続することが許されないのが今の燕京《えんけい》だ、といったような詩だったかもしれない。

今、というのはすでに二十一世紀なのだが、その時からさえもうすでに長い時間はたっていて、まして、彼女が、あの湿っ気の強かった夜、あたしの香水のにおいが染みついちゃうわよ、と咽喉にからまったかすれ声で言い、体の輪郭はぼやけはじめ、うねる銀灰色の波頭のなかにガラス様のものとなって溶けはじめ、舌の先だけが〈わたしの貝殻骨の窪みに溜った塩の味のする汗〉を物柔らかな鋭さで舐め取り、構わない、誰もとがめだてする者なんていない、と〈わたし〉は答えてしまってから、いったい、どれくらいの時が流れたのか、私には思い出せない。

チェーホフ「犬を連れた奥さん」からの引用は小笠原豊樹訳による。

雷鳴の湾——王女、あるいはMiscellany

MISCELLANY

　白い馬とそれに乗っている、白い重々しい厚地の絹のドレスを着た王女然とした騎手《ライダー》は、時間の中で混りあって（時が物と記憶の錯誤をコラージュする）人魚のように人馬一体《ケンタウロス》になり（おまけにその写真の王女の顔は、何とも判別のつかない長い槍のような輝く針状の棒というか、船のマストかエンパイアステートビルの避雷針のようなものがコラージュされているし、手綱を引きしめる腕はインディアンの戦士のように筋肉質なのだ）、湖なのかもしれないし、海に面した大きな河口なのかもしれず、そうではなく大きく浸蝕された湾に面しているか、あるいは、島の海岸線にそって建物が並ぶ漁村か港町なのかもしれない低い建物のつらなるシルエットに、まばらなあかりがともっている夜景（血管のように枝わかれする幾つもの白光を放ついなびかりが部厚い黒い雲から地上に走っていて、激しい落雷がいくつも同時におこっているのだが）を背景に、騎手を乗せた白い馬は、いなないて（と言うのも、鼻の穴が大きく広がっているし、馬銜《はみ》を咥えた口も開いているので）、下顎の歯――大きな口にそって馬蹄型に生えそろっている――が見えていて、王女のようにも見える騎手の白い肱の上までの長さの手袋をはめた手が強く手綱を引きしめているのは、あたり一帯の夜の空間を引き裂いてとどろき渡っているはずの（モノクロームのアメリカの報道写真雑誌とファッション雑誌の写真をコラージュした画面は音をたてず、動きをとめたままだ）雷鳴に驚いて後脚で立ち上ろうとする馬を押えて興奮を鎮めるためなのだろう。

　もちろん、私は馬に乗ったことなどないし、馬という動物の実物を見た経験も限られているのだから、雷鳴といなびかりのとどろく、いや、稲妻の閃光が夜の黒さを激しく切り裂いて雷鳴が轟いているはずの湾の写真——ペラペラして薄く丈夫な印刷用紙の、欲望を駆りたてる無数の商品（直接的にはとりわけ、煙草《シガレット》）の広告写真が膨大な数のページを占めているので、ニュースと同じくらいの重要度で広告を見せるための雑誌なのだということが、英語の読めない子供にはわからないものだから、何かが混乱させられる「タイム」か「ライフ」のどこかに、特別な珍しい気象現象を撮影した風景写真——の上に糊ではられた白い馬と騎手とが何をしようとしているのかわからない。多分、王女然とした衣装の騎手は手綱を引きしめて、興奮した馬の動きを押えようとしているのだ。神社の境内には泥絵具で描いた蛇女や鬼女の看板で飾りたてた見世物小屋とセルロイドや紙で出来た安物の玩具や菓子を売る屋台、白い木綿の軍隊病院の寝巻を着て国防色の兵隊帽を被り、アコーディオンで軍歌（決って、ここはお国を何百里、ではじまる満州の戦場についての曲で、丙種合格だったので兵隊経験のない父親は、植民地までの距離を何百里って曖昧な言い方で通そうとする国だもの、戦争は負けて当然さ、と言い、一緒にいた陸軍に徴兵された父親の友人のおじさんは、イギリスの古い軍歌には、イッツ・ア・ロング・ウェイ・トゥ・ティペラリィ・イッツ・ア・ロング・ウェイ・トゥ・ゴー、というのがあるけどね、と笑い、ティペラリィまでは長い長い道なんだね、と言う）を弾いているのだったが、隣接する市のシキシマ公園は市営球場の隣りにあって広かったので、サーカスのテントがたてられ、砂とオガクズの敷かれたサークルの天井近くには空中ブランコと綱渡りのロープがクモの巣のような複雑さで張られたり吊られたりして、テント小屋の中では年寄りで目脂を溜めたようにショボショボした眼の、痩せて栄養失調のように見えるトラとライオンとアシカの芸もあるのだが、決して美しいとは言えないがっちりした体型が、もちろん競走馬でも乗馬用の馬でもなく、たまたま白い毛で生れた農耕用の馬だとわかる白い裸馬に、馬と似たタイプの肩や腰が大きくてがっちりした足の短い年齢不詳の、桃色の人絹のペラペラした短いスカート丈のドレスの下に白いメリヤス編みの体にぴったりした大きなパンツをはいた女の人が裸足で騎乗するだし物の馬は、砂とオガクズを敷いたサークルの中をダク足でゆっくりと走りまわる他には何も芸らしいことはせず、騎乗している桃色の人絹のドレスを着た年齢不詳の、まるで絵を描くように、アイラインやつけまつ毛やブルーのアイシャドーやノーズシャドーを塗った、どぎつい化粧をした顔が、『赤線地帯』の老いた娼婦役の三益愛子のようだ、と母親と父親は声を低めて言いあい、桃色、と言うより赤チンを薄めたようなツツジ色の人絹の丈の短いドレスを着た、背丈の割には肩幅と腰ともちろん乳房も大きくてがっちりした体型の女は、白い裸馬の広々として真ン中あたりが少し湾曲した背の上でふくらはぎの筋肉の浮きあがる両足を踏ん張って体を馬のダク足のリズムに合わせて上下に波動させながら、同じ間隙をおいて、前転と後転の回転を繰りかえす。

　気合をかけるような、大きく吸い込んだ息を勢よく吐くような、ハッ、という声が空間に響き、少しゆがんでいるし、天井にも壁面にあたる部分にもつぎをあてたようにテント全体のキャンバスとは違う色の布がところどころに張られ、黄砂の混った突風にあおられてテント全体が無気味な音をたてるドーム状の空間（動物のにおいと煮たスルメや爆《は》ぜたトウモロコシの甘いにおいに、人の汗や泥や脂で汚れた髪の毛や、すえた体臭がまざりあい、サーカスのスポンサーの製菓会社の宣伝用の歌を、童謡歌手の少女が、かん高い声で、いつでもどこでも、エンゼル、エンゼル、エンゼルがみんなを見ている、みはってると脅すように繰り返えして歌い、私は薄荷油を染みこませた脱脂綿とザラメ糖をつめて吸い込むセルロイド製の薄荷パイプのひやひやした冷たさが鼻の奥の濡れた粘膜をこするようにして通りぬけるのと同時に、かん高く脅すような歌声を耳に流し込む）には、微粒の薄っすらとした黄色い砂の混った突風がテントを揺らす音と白い馬のゆったりしたダク足の蹄鉄の音（少年雑誌の、「物しり博士」のページでは、ラジオ・ドラマの中の馬が走る音——たいてい緊迫した場面で、正義の騎手の乗る馬の駆ける音が遠くから徐々に近づいて力強く聞えてくるのだ——が砂を入れた木の箱に片手に一つずつ持ったお椀を馬の走る調子にあわせて、上下させて打ちつけると、パカパカという音を作ることが出来るし、波の音はフルイに入れた小豆を左右に上下させて動かす音なのだ、といった豆知識が載っている）が心地良く響く。

　短い丈のスカート（膝とかむこうずねの擦り傷に塗る消毒用の赤チンを薄めたようなツツジ色の人絹）をはいた女のサーカス芸人というか、衣装や二つのおさげにしてリボンを結んだ髪型のしつらえのイメージからは「曲馬団《サーカス》の少女」と呼ぶべきなのかもしれない女の人は、馬の背中（腹も首も脚も、ザラザラしてはいるのだけれど、なめらかな感じもする堅そうな——なにしろ、馬の毛は加工されいろいろな種類のブラシ類に植毛されるのだ——光沢を放っている）の上で、一方の脚を高く持ちあげて、片脚立ちをしたり、逆立ちをしたり、馬の首とたてがみに腕をまわして馬の横腹にぴったりと自分の体をくっつけて走り、その体勢から、馬の背を横飛びして反対側の、中に生れる前の仔馬が入っているのではないかと思うくらいふくらんだ腹（妊娠中の馬だったのかもしれない）に体をぴったりとくっつけたりもするのだったが、馬とおさげ髪の騎手の見世物が爽快さともお祭り気分のにぎやかさとも、アメリカやヨーロッパ映画の中のサーカス（にまつわる物語。そこでは、ショーの助手役の妻の浮気を疑って、調教の成果の柔順さを見せるのが目的の象の大きな前脚を、インド風というかアラビア風にも見える国籍不明の東洋的エロティシズムを煽情的にあおりたてるデザインの小さなブラウスとふんわりして裾のつぼまったバラ色の絹のハーレム・パンツの間にむき出しになっている、くびれたウエストと細っそりした腰の中央の小さな陰核のようなダイヤモンドが埋め込まれた可愛いらしい臍のある妻の腹の上何十センチかのところで静止させる芸の練習中、自分の命令一つで象はおれをごまかしているつもりの浮気女の腹黒い細っそりした胴体を踏みつぶしてしまうだろうと威すいやらしい男が登場したり、耳の大きなアフリカ象の子象が赤ン坊を運ぶ役割をになっているコウノトリの間違いでインド象の母親のもとに運ばれたり、美しいアイルランド出身の踊り子が音楽家やババリア王との熱く燃える恋をする半生——いや、生涯——が語られたりするのであり）とも、まるで別のものなのだ。

白い馬は、宝石のように輝く色とりどりのガラス玉をはめこんだ飾り物を、パリのクレージーホースとかフォリーベルジェールの踊り子や、アメリカのリングリング・サーカスやバーナム・アンド・ベイリーのパレードをする芸達者な馬たちのように、うなじ革のてっぺんにある種の鳥の冠状の羽根を真似てピンク色に染めたダチョウのふさふさと揺れる羽根をつけているわけでもなく、頭に載せている豪奢ではなやかな羽根飾りの他にも、踊り子と馬の共通点があって、それは二つの大きな丘状に盛り上った、歩くたびに揺れる尻なのだが、白い毛の色は泥汚れが目立つので、そうした見地からは農耕馬として不向きだから、サーカスの馬になる以外の道としては、たとえば、木馬が十頭程度設置された小規模のメリー・ゴー・ラウンドとか戦前の初代運転士だった猿が死んでしまってから長いことずっと猿は不在なのに惰性からお猿の電車と呼ばれている乗物が園内の池の周囲に敷設された線路の上を走り、動物園のコーナーには、尻尾の毛の脱けた皮膚病のタヌキが檻の片すみで哀れっぽい様子で丸くなってうずくまっている（母親は、動物虐待だと怒って遊園地あてに抗議の手紙を書く）ような児童遊園地で、リヤカーを改造して子供たちを詰め込めば十人は乗せられる箱型の、ペンキ塗りのベニヤ製馬車のようになったものを曳いたりする馬とかがふさわしいかもしれない。

父親と母親は、陸軍の将官が官舎から連隊の本部へ通う時、迎えの兵が曳くよく手入れされて艶々と光る毛並みの明かるい茶色の馬（ボタボタと糞を道に落して行く）を毎朝見たし、近所の女中たちが争って馬糞を石炭ばさみ用の道具で集めるのは何も道路を美しく保とうとする公共心のせいではなく、馬糞は堆肥として裏庭の野菜畑のトウモロコシやキューリやウリやトマトやナス（もっとも、ナスに関しては、親の説教とナスはみになると言われるくらいで、上等な肥料は、ほとんど必要ないのだそうだ）に特別に効果を発揮するからなのだと説明し、手入れも行きとどいているし百姓馬と軍隊の乗馬用の馬とは、品種、いや、馬種が違うのだと言うのだったが、私の知っている茶色の馬といえば、国鉄と私鉄の線路を渡って田圃と畑の広がる農村からやって来る便所で汲み取りした糞尿を入れる木の桶を積んだ荷車を曳いた馬で、馬の小便は長く長く続いて音をたて地面に垂れ流されるままなのだけれど、馬糞は肥料として価値があるので、百姓は馬の尻にズック製の袋をくくり付けて、その中に糞が入るようになっている糞尿で汚れた奇妙な動物で、近所の犬さえ、辟易して吠えかかろうともしないで通りから姿を消してしまうのだったが、子供の頃、病弱だったので乳母の田舎で暮した経験のある父親によると、糞尿で汚れた馬は、家に戻ると農作業用の井戸端ですぐに洗ってもらい、馬毛で作った馬梳きブラシをかけてもらって、飼い葉桶（馬小屋で誕生した幼児イエスがベビー用ベッドのかわりに寝かされたので有名な、と、母親が言うので、私はひどく混乱する）に入った、大量のトウモロコシやエンバクやフスマ、それにごほうびのニンジンを大いに馬食し、水を鯨飲して、満足の溜息を大きな湿った鼻の穴から吐き、優しい飼主の百姓に感謝して嘶《いなな》くのだ。磨り減り具合で馬齢を数えるという歯と、桃色の濡れて光る歯茎をむき出しにして。

　インド風なのかアラビア風なのか、もともと、そこでは全ての事物の正確さは求められてもいないのだし、大雑把にエキゾチックなオリエンタル風というイメージが伝わればいいのだし、それを身にまとう女自体、人魚やキマイラとかケンタウロスとかスフィンクスとかグリフォンとかユニコーンといった動物の部分を切り離して寄せ集めた怪物のようなものとしての概念的に作られた神話的な悪女なのであり、嫉妬深く陰険な象の支配者として振舞う東洋の王者のパロディのような象使いの夫を持つサーカスの女を演じる女優は、王女というタイプではなく、どこかしがない感じのする宿命の女《ファム・ファタル》で、中国が舞台のモノクロームの地味なサスペンス映画では、中国人の金持ちに金で買われた囲い者であることが、あからさまとスレスレに暗示的に示される役で、細っそりした長い首の線の美しさをきわだたせる黒い（それとも暗紫色か濃い紅色？）サテンのチャイナ・カラーの支那服を着て、無表情に登場する。黒いサテンの支那服には豪奢な刺繡がほどこされているわけではなく、あっさりと飾り気なくなめらかに撓《しな》う鞘型《シース》の布地から、白い肩と腕と手、膝の上から開いているスリットからは膝小僧と歩く時に少しだけ見える、膕《ひかがみ》や脛や、黒いサテンに黒貂のポンポンを飾った踵の高いスリッパに半分包まれている磨かれた白玉《はくぎょく》のような踝や踵が見え（これ見よがしに、彼女の足は中国女の纏足をした異様に小さな作られた畸形の足と比較されるように撮られるのは、大きな足が自由と解放と性的放縦を表わしているのかもしれない）、彼女はリラとジャスミンとボタンと絹を張ったランタンと池とクジャクとオウムと狆とよく彼女になついている小猿と何人もの眼尻をつり上げたアイラインを強く描いて中国人に扮した白人の召使い（宦官の生き残りの老人さえいる）にかしずかれた贅沢な暮しを送っているのだが、むろん、心は虚ろで冷えびえとしている。そして、そこに（当然のことだが）あらわれるのが、少年のような顔をした短い鼻の若い男、何か後暗い過去を持つらしいグレン・フォードだ。地方新聞の映画評のささやかなコラムの執筆者である私の父親は、『ヒューマン・デザイア』のコンビによる東洋調『ギルダ』の二番煎じ、といかにも決りきって、平凡な事を書いているのだが、それだって、進駐軍の兵隊が捨てたものが月遅れで古本屋の店頭に並ぶアメリカの写真入りのニュース雑誌か新聞から書きうつしただけだったのかもしれない。しかしそれならば、〈肩にあたるところで二つ折りにした平らな絹の布地の首から胸にかけて斜めにハサミを入れただけの簡素な裁ち方で作られた両側の裾にスリットのある細っそりした服〉に女主人公が着がえるという、私の記憶しているシーンの意味は違ってくることになるのだし、画面がかわると、もうもうと立ちのぼる灰色の土埃の中に半ば以上壊わされた石造りの壁と建物が浮かびあがり、胡同の車輌が入るのには狭すぎる迷路（ジャスミンの庭の愛らしい銅の鈴を屋根に飾った亭《ちん》で、バーバリーのコートを床に敷いて女を横たわらせ、平らな一枚の布地で出来た絹の服のスリットをそっとめくるようにして女の脚を広げた男の、格子の裏地のついたコートは、トレンチ型だったのか、それともラグラン袖でステン・カラーのコートだったのだろうか、脱け落ちたページのせいなのか、書きもらしていたのか、もちろん、着ているコートによって、ほぼその男がどんなタイプ——と言っても二つのタイプのうちのどちらかということにすぎないけれど——なのかがわかるのに、と私は考える）に、ようやくブルドーザーが入り込み、破壊がつづけられるのを、そこに住んでいたことのある父親も母親も（とっくに死んでいるので）知らないのだが、馬は頭の良い動物ではあるけれど、だからこそ、とても神経質で、ことに雷鳴におびえるし、軍馬になる馬は、断続的に繰り返し繰り返し、砲弾の炸裂する音や絶え間ない銃弾の飛びかう音に、おびえて暴走しないように訓練されているのだし、サーカスの馬も客たちの喚声に驚かないように仕込まれ、命令には服従する動物なのだ、と父親は言い、それでもなおかつ、馬がおびえて、命令に服従することを拒み、後脚で立ち上って、首を激しくふって手綱をふりほどこうとあばれるのが、いなびかりと雷の音なのだ。太いたくましい首にうねうねと血管を浮びあがらせ、大きな俵というか土管のような腹の血管も怒張する。

　私はもちろん、父親も、戦場どころか兵隊に行ったこともないのだが、おじさんとは呼んでいたもののどういう関係（母方か、父方の関係なのか、何をしていた人なのか、もう質問して答えられる人間など、私の周囲には一人もいない）だったのか何も知らないおじさんは輜重兵《しちょうへい》として大陸にいたことがあり、それは戦闘部隊のために兵站《へいたん》部から弾薬や燃料や食糧を運ぶ役割の兵隊のことなのだが、大陸の奥地の前線に物を運ぶためにはトラックの燃料のガソリンがもったいないと言うか、そもそもガソリンなど存在しないも同然なので、「お前たちより一頭の値段の方が高い」馬が曳く荷車に物資を載せて運ぶのだったが、上官の兵隊が枕言葉のように使う陳腐な言いまわし、お前たちよりずっと一頭の値段が高い、というのは、ようするに兵隊というのは消耗品だということで、旧制中学の英語のテキストにあった expend という単語を辞書で引くと、その下に expendable という単語があって、軍事用語の略の《軍》のマークが付き、戦略上、物資を消耗することや、兵士を犠牲にすることを是とすること、と書いてあったのを、まさに実体験として戦地で思い出し、兵士は洋の東西、国籍を問わず皆同じにエクスペンダブルなのだと、気の許しあえる唯一人の輜重兵で同じ馬の世話をしている東京の下町の小さな工場でぶっこ抜きの、駄菓子屋で女の子相手に売っている小さな着せ替のセルロイド人形のミーコちゃん（薄茶色のお河童頭をしたミーコちゃんの顔を、お気に入りのハリウッド女優、インドの血の混った妖精、マール・オベロンに似せて描いたものだけれど）を作っていた映画好きの職人に告げると、大きくうなずいて、兵隊なんて自分の作っているぶっこ抜きのセルロイド人形のように型に入れて次々と取り出して、はみ出した分はハサミで切って形を作っているようなものだ、と言い、世話をしている大きなおとなしい黒い牝馬に、英語の名前をつけてやろうということになり、蹄鉄の中にたまった泥を取りのぞいたりしながら、西部劇映画の監督ジョン・フォードの映画の題名からとって、黒い馬なのだから、『アイアン・ホース』のアイアン号というのはどうだろう、『香も高きケンタッキー』で、ケンタッキー号というのもいいし、『曲馬団のサリー』のサリー号なんてのも、それとも、オベロン号などとうなずきあい（戦地でのささやかな喜び！）、さんざん考えたあげく、プリンセス・オブ・黒龍《ヘイロン》号と馬の出身地の名前をつけることにしたのだと語るのだったが、私は黒龍《ヘイロン》という土地がどこにあるのか知らなかったし、見たことのない無声映画の『曲馬団のサリー』のはなしを知っているのは、父親が筋を話してくれたからで、原作のメロドラマを、子供向け読み物に書き直したようにそっくりな筋の本を読んだことがあるのを思い出しもするのだ。もちろん、サリーは馬の名前ではなく、主人公の少女の名前なのだから、あまり馬には似合わない名前だ。白い裸馬に赤チンを薄めたようなツツジ色の丈の短いスカートの人絹のドレスを着て、『赤線地帯』の三益愛子のような異様な厚化粧をした不格好な体つきの、白粉を塗った顔に深く刻まれた皺の目立つ裸足の女が乗って見せる芸がどことなくというより、見るからに野暮ったいのは、あの百姓馬然としたがっしりした馬の体型と乗っている女芸人の単調な芸のせいと言うより、音の割れるこわれかかったスピーカーから流れるレコードの選曲のせいではないだろうか、と父親と母親は、四月なのに粉雪が降る公園の中をバス停に向って、サーカスに満足したのか、それとも期待したほどの興奮は味わえなかったのか、寒そうに肩を丸めた難民のようにも見える大人や子供たちに混って、コートの襟をたててポケットに両手をつっ込んでせかせかと歩きながら言いあう。いくら子供相手とは言ったって、キンキン声の童話歌手の、お馬の親子は仲良しこよし、いつでも一緒にポックリ、ポックリ歩く、なんて歌や、高峰秀子の出た映画の主題歌だった、濡れた仔馬のたてがみを、なんて戦前の歌で、何が出来るってのよ、「愛馬行進曲」を使わなかったってのが、かえって不思議だわよ、と言う母の口許から言葉と一緒に白いもやのような息が吐き出されて粉雪と混りあい、私と手をつないでいた父親の友人のおじさんが、きみは手袋を片っぽなくしたのじゃないかなと言うのだが、黄土色にポツポツと色のついたネップ入りのドニガル毛糸の父親のチョッキの残りで編んでもらった私の指無し手袋には、首にかけてぶらさげるようになっている同じ毛糸で編んだ紐がついているので、片方を落すということはないので、ううん、と首を振り、ポケットに紺のフェルト地に灰色の象が毛糸で刺繍してある、背中にしょったリュックの中にそれが入っている（他にはマリー・ビスケットの食べ残しとサーカスで買った、薄荷油とザラメ糖の入った、セルロイドのマドロスパイプ型の薄荷パイプ）ことを示し、なんだかひどくだるく、手をつないでいるおじさんが、きみの手はすごく熱い、熱があるんじゃないのか、と言って私を抱きあげる。

雷鳴の湾――Incident

……すると目が覚め、もう、画面は見えない。そのまま眠りへの波に身をゆだねていると、画面を定着するすべもなく寝入ってしまう。まるで知性には、そんな画面を見る権利はないとでもいうかのように。

プルースト「ジェラール・ド・ネルヴァル」
出口裕弘・吉川一義訳

もちろん、何も重要なことがおきたりはしないのは、むしろ奇跡なのだと、利口そうな眼をした黒馬「プリンセス・オブ・ヘイロン」の世話係の輜重兵だったおじさんは、少し理屈っぽい特有の喋り方で言う。幼い子供はいつだって簡単に発熱するし、そうして、嘔吐と下痢を繰りかえして、不衛生な駄菓子屋のわらびもちや、ガラスの管に入った赤いイチゴ味の寒天を食べたりしたせいで、赤痢とか疫痢といった、それに罹ったら、戦前にはヒビョウインと言っていた、伝染病に罹った患者だけを特別に収容して外界と遮断する病院に入院させる間もなく、マントヒヒのお尻のようにまっ赤だった顔が、マントヒヒの顔のいろいろな色に塗りわけた中国の芝居のお面の中の水色のような真っ青か、ヒヒの毛の色のような土気色になって、あっという間に死んでしまうと言うのだ。そういう土民の子供を中国の貧しい奥地でも見たし、自分がまだ子供で田舎の村に住んでいた頃は、小作人の子が伝染病で、そうやってあっという間にポロポロ死んで、それでももっと数の多い赤ン坊がボロボロと生れたのだ。

もちろん、きみは何か不衛生なものを食べたわけじゃないし、サーカスのテントのまわりに並んでいた屋台で売っていたのも、まだ寒い季節《とき》だったから黴菌だらけのアイスキャンディーや傷みやすい生菓子ではなく、大きな白い湯気のたちのぼる鍋のおでんとか、焼いたスルメを手回し式のプレス機で柔らかに繊維をつぶして板状に熨《の》したのしいかか、バラ色の雲をちぎったような綿菓子や、派手な極彩色のセルロイド製で、首から吊り下げるように人絹のリリアン糸の紐のついたパイプ形のおもちゃの中に薄荷オイルをしみ込ませた脱脂綿とザラメを詰めたパイプ——小さな穴が開いている——を唇にはさんで吸い込むと砂糖の甘さと薄荷の香りのする煙のような空気が、口腔から鼻の粘膜をさわやかに刺激するだけではかなく消えて行く薄荷パイプ——同じ値段だったら、口の中の持ちのずっといい、ザクザクと歯でかみくだく薄荷糖にすべきだったと後悔することになる——を売っている店やゴム風船を売っている店だけが並んでいたのだから、食物のせいで腹をこわしたわけではなく、寒くて、途中から雪が降って来たくらいだったから風邪をひいたのかもしれないし、全国を巡業するサーカスには「メーカー」と英語で呼ばれる製菓会社が広告を出しているので、チョコレートやキャラメルやビスケットのポスターだけではなく、「メーカー品」と呼ばれる商品名が染め抜かれた桃色や赤、黄色、青紫、緑の虹のような色の旗ざおが据えられ、縦長の旗はパタパタと音をたてて雪の混った風をはらんでふくらんだり、だらりと垂れさがったりしている。移動用トラックから運び出されて、設営された深緑色のテントの中に動物たちの檻が並べられているはずなのだが、テントの演技場《サークル》でいろいろな芸をする時以外の、檻の中の動物（ライオン、トラ、チンパンジー、白いオウム、馬、ロバ、学者犬たち）を見るためには入場料とは別の料金が必要だし、空気中に舞っている動物の脱毛や檻の敷わらから発している尿や糞の混った獣くさい臭いのせいで息がつまりそうになり、アレルギー性の発作がおきたのかもしれない、と三人の大人は言いあい、私は少し咳込みながら、まだ外気に触れて十年にもなっていない柔らかくて薄い傷つきやすい皮膚、それは私と外界とをへだてている薄い皮膜なのだが、柔らかな毛におおわれた他者である猫に触れたりすると、赤いと言うか桜色の粒々のまだらになって浮びあがることがあったのを思い出すのだ。

　熱っぽい桜色の凹凸が皮膚の様子を一変させてしまうジンマシンは、見た眼の禍々しさに比べたら、あっけないほど早くおさまってしまうのだ。牛乳壜からコップに注いだ白い牛乳を一杯飲むとジンマシンに効果がある、と輜重兵だったおじさんはいい、自分は子供の頃、竹の子を食べるとジンマシンが出たのだけれど、小さい山を一つ越えた麓《ふもと》の牧場からとどけてもらっていた明かるい赤茶色の毛のジャージィ種の牛乳（リンショクな祖父が自分の体の養生のために特別にとっていたのを、もったいをつけて飲ませてくれたのだと言う）を飲むと翌朝には肌（たいてい両方の上腕に左右対称にジンマシンが出て腫れたものだったが）は、もとどおりすべすべの、でも絹のような産毛におおわれた色白の柔肌に戻っていて（なにしろ、子供だった頃のわたしは、と、輜重兵はクスクス笑い、家の女たち――祖母や母親や、嫁入り前の若いおばたち、それに下女たち――に、本当にこの子の顔と肌ときたらまるで、「卵に目鼻」のようだと言われていたのだ、と言う。もちろん、少しザラザラした表面の殻を剝いたツルツルで真白に光っているうで卵に、目と鼻があるのだ）、かゆみも消えているし、翌朝まで待たなくて、もっと早く赤いポツポツは消えることがあった。竹の子を食べるとジンマシンが出るのは祖母も同じ体質《たち》だったが、牛乳を飲むと必ずお腹を下すのが、うっとおしくていやだったし、ジンマシンというものは、結局のところは、ともあれ、一晩で消えてしまうものなのだし、経験上、竹の子を少し食べてもお腹いっぱい食べても、肌の上に出るジンマシンの分量にそう大した変化があるわけではないのだから、と勝手な自己診断を下し、裏の山の赤い湿ってよく滑る粘土質の土の竹林で、自ら下男や下女の陣頭指揮にあたって掘った竹の子を料理し、土佐煮や木の芽和えや油炒めを食べている最中に、なめした革のようにしなやかではあるけれど大きな農家の刀自らしく日に焼けて細かな皺の刻まれた皮膚に赤い粒々が浮びあがるのを物ともせず、と、昔の合戦の場面を語る語りもののように声を張り上げて、調子をつけた口調で、ばあさま、むっしゃ、むっしゃと喰いまくり、噛みくだき、巴御前もかくやの尼武者振りに、さすがのジンマシンの軍勢もたじろぎて前へと進めず、ちりぢりに逃げ去るのみ、と剽軽に語るので、私は小さな子供の猿とか犬のように笑いこけるのだったが、私には竹の子のアレルギーはなく、むしろ、あの、黒トラ柄の猫の、柔らかな短い焦茶色の毛がみっしりと重なって生えている耳――どこかの天井裏とか物置に入り込んでネズミを捕えようとしていたせいで、半透明な灰色に見えるクモの巣の糸が少し付着していたりもするし、ネズミの頭としっぽだけを残して食べたりもするので、たしかに猫は不衛生な動物なのだ――にそっくりな、竹の子の幾重にも重なって巻かれた皮に不安を感じるのだった。厚ぼったい持ち重りのする丈夫なガラスで出来ていて壜の口が他の飲み物の入っている壜より大きいので、コップやカップに注いだりしないで、そのまま、牛乳を売っている駅のスタンドやパン屋の店頭で、壜の口に直接唇をあてて飲んでしまう男たちが多いし、金物の容器に注がれた生ぬるくて、脂肪分が脱がれているせいで、淡いクリーム色ではなく青っぽい白さのＬＡＲＡ物資のスキム・

ミルクは、いつの間にかガラスの牛乳壜に入った牛乳に変わったので——それから、まきやリンゴ箱の木っ端をたいていたストーヴや給湯のボイラーの燃料が石炭に変わり、それがいつの間にか石油と重油に変わり、ワラ半紙に印刷された炭坑の子供を撮った写真集に写っている女の子の名前が、ルミエちゃんだったことを思い出す——厚ぼったいガラスの輪になっている壜の口から直接ミルクを飲むようになったのだが、ガラスのコップや柄つきの陶器のマグカップで飲むのと違って、そうやって飲むのは飲みにくく、厚ぼったいガラスの輪っか状の口に唇をあてると違和感があって、つい顔をしかめてしまうのだったが、そう、竹の子を食べてジンマシンが出たことはなく、それは母親の皮膚の上での出来事——肌の内側と外側が血液やらリンパ液やらで混じる、人体の外界へむけられた表面で——だったのだけれど、もちろん、そう大して重要なことではないのだし、今、私が苦しめられているのは、何かが終ったことを認めるためにおこる、こめかみのズキズキする頭痛なのだ。もう誰もいない埃臭い部屋の本棚から本を取り出して開くと、人気のない駅のプラットフォームの売店で働く少女が、「カウンター」にのせた脚を両手で抱えこむようにして、ほどけて両側にたれている白いズック靴の紐を結ぼうとしているのだった。少女の素脚の丸い膝頭は水蜜桃そっくりで、白い腕は水の中の藻のように優美にゆらめきながら、靴の両側にたれている紐を指にからめて小さな蝶結びをこしらえ」ている。「腕の内側の薄青く浮きあがっている血管は運河の地図のように見えるのだがこの運河の水源を見つけるのはとても簡単で、ようするに心臓を水源として身体中を網目状に走る青い運河の線を浮かべた皮膚の表面に薄っすらと汗を滲ませて光っている産毛の生えた地図」と私は書いていて、もし誰かが今、私の手に触ったとしたら（本のページの少しクリーム色がかった紙は私の手にずっと触れているのだが）、日がすでに暮れかかっているので、白というより灰色に見える粉雪の降る公園の中をバスの停留所（オレンジ色と青に塗りわけられたバスの終点は山の頂上に湖のある温泉ではなかっただろうか）に向って歩きながら、雪が降ってこんなに寒くなったりしなかったら（だって、もう四月の十日なのよ、と母は首に巻いていた水色のジョーゼットのスカーフを三角に畳んで雪で髪が濡れないように頭に被って顎の下で結びながら、言う）、サーカスのテントと動物の檻のテントと並んで設営されていた回転木馬に乗れたのに、と父が言い、私は、おじさんと手をつないでいるのだが、ふり向いて、音楽もかからず、ひっそりと止っている、円形の大きな舞台のような屋根付きの台の上の、赤と白、黒、緑、黄の五色に塗られた木馬たちをサーカス見物から急いで帰ろうとしている子供づれの人混み越しに眺め、何かとてつもなく貴重なものと自分が引き離されようとしていることに気づいてこめかみがズキズキし胸がいっぱいになる。メリー・ゴー・ラウンドは、首都の私鉄沿線の遊園地とか、隣の街の外壁にザラザラした石の板が張ってある古びた四階建てのデパートの屋上にもあるのだから、乗りたいと思えばいつでもというわけにはいかないけれど——何しろ私の皮膚は外界と接して十年にも充たないのだし、バスに乗って隣の街へさえ一人で行ったことは、まだないのだ——それにしても、それと引き離されてしまったという大仰な悲哀で胸がいっぱいになる理由など何もないのにもかかわらず、ギャロップをしている姿で、四本の脚全部を伸して地上から浮きあがって宙を飛んでいるように見える木馬に、私は強くひきつけられ後髪をひかれる思いが、なぜしたのだろうか。熱があるので手と指まで熱くなっているので、黄土色にポッポツと色のついたネップの入ったツイード毛糸の指無し手袋をはめるのはいかにもうっとおしかったし、ツイードの毛糸は毛ばだってチクチク肌を刺激するから、はめたまま、鼻の穴の周囲の湿った鼻汁（鼻の穴の近くでは生あたたかいのに上唇のあたりにまで垂れて来るとあたりの空気に冷やされてひやりとした雪の粒のように冷たくなっている）をこするとクシャミが出て、余計に鼻がむずむずしてくるのだったが、あの黄土色にポッポッと青とか赤とか焦茶色のネップの入ったドニガル・ツイードの毛糸は、もともとは、北京の輸入品の毛糸専門店で買って、ヘチマ襟のラグラン袖でポケットが二つある、あたしのカーディガンを編んだものなのだったけれど、と、母親が言う。壁面一面の細かく区切られた棚にいろいろな色や太さの毛糸が並べられてた店内には、毛糸の元の動物の写真のポスターや水彩画やイギリスやスコットランドの地図が飾ってあって、羊毛について、羊の写真や絵入りの英語の本も売っていたので、毛糸と一緒にその本も買って、ところどころパパに読んでもらった。アイルランドのドニガル地方のホームスパンだったら、結城や大島紬の反物と同じくらい高価だけど、あたしが買ったのは、安いニセ物というか、機械でつむいだドニガル・ツイード風の毛糸ではあったものの、とても丈夫で、あたしのカーディガンは引き揚げの時は冬だったから、生れてまだ一年もたっていない新生児のあんたのおくるみになったし、物のない内地では、あんたのパパのチョッキとあたしのマフラーに編み直して、残りの糸であんたのミトンと、ゴム編みの正ちゃん帽を編んだのだけれど、帽子を被ると頭が暑くてうっとおしいらしくて、あんたはどこかに帽子をポイっとほうり投げて捨ててしまったのだ、と母親は笑うのだが、私はもちろん、黄土色のツイードの帽子など覚えていない。ツイードの本というか羊毛用羊（とは言っても、毛を刈った羊の中身と言うか本体はチョップやシチューになるのだったが）の本には、ゴツゴツした岩だらけの、海に面した丘に生える丈の短い草や波の荒い海辺に打ちあげられた塩味のする海藻を食べるのだという白と黒の長いまだら毛の、猛々しい角のある悪魔顔の王様といった感じのシェットランド諸島の羊の写真が載っていて、他にも、何種類もの羊の写真や絵が載っていたけれど、一番印象的だったのは、シェットランドの羊だった、と母親は言う。眠むれない夜に、羊の頭数を数えるといった言い伝えほどにも意味がないし、胡同《フートン》にはきれいでおいしそうな桃色の仔羊の肉を売る店もあったし――羊頭狗肉と言うけれど、日本では、豚肉の薄切りにウサギの肉をこっそり混ぜたりしたものだし、パパとおじさんは、このあいだの戦争ではなく、その前の第一次世界大戦後のベルリンには、駅で寝泊りしている浮浪児に刑事のふりをして声をかけて、経営してる肉屋に連れ込んで裏庭の小屋で殺し、仔羊や仔牛の肉と称したり、ソーセージにして売っていた男がいたという話しをしていたものだ、歴史的に肉食の狩猟民族の奴等だって、肉の味なんてものは、貧すれば鈍するで何の肉かなんて区別はつかなくなるんだから、犬を羊なんて、実際、仔羊にそっくりな縮れた毛並の犬だっているし、むしろ、良心的な方だろう――それに、あたしは北京で黒い仔羊の毛皮のコートを着ていたのだったけれど――敗戦後、日本に引き揚げて来るまでの間に売り喰いをして、中身のラム肉になっちゃった――黒い毛の羊は、英語では仲間外れの悪いやつのことだから、白い毛の羊の中ではそう沢山は生れてこないはずで、だから値段だって、もちろんチンチラとかミンクに比べたりは出来ないけれど、そう安くはなかったはずで、それに、漢字の「美」は羊が大きいって書くのだし、さし絵入りの「羊の本」に載っていたシェットランドの大きな羊は、白い地に黒と茶色の大ぶりなまだらの毛深く何層にも重なって生えた羊毛におおわれて、後頭部に向って半月のかたちで曲線を描いている王冠とでもいったおもむきの立派な角を生やし、北海の荒波の寒風が吹きすさぶ島でいやがうえにも強壮に育つのだ、と母親は、十一月のエビス講の大売出しで買ったごく普通のグレーの霜ふりのニッケ・ヤーン（中細）でセーターを編みながら話す。

　赤いウールのペチコートの上に青いたっぷりギャザーをとった柔らかなウールの生地のスカートをはいて、赤毛で緑色の眼をしたモーリン・オハラが追っていた羊は、もちろん、シェットランド種ではなく、世界中で一番飼われているという、スペインが原産のメリノ種の羊（メリノーというのはスペイン語で放浪するという意味があるのだ）だったかもしれないけれど、あんたのパパが、何もすることのない夜、ストーヴに石炭をくべながら読んでくれた「羊の本」には、戦争に負けて、会社も閉鎖されてしまったので残務処理のために会社へ行くだけで、今後のことは何も考えられない明日のない身――もちろん、一部の左翼がかった者たちだけではなく、八紘一宇を時流に乗って称えていたのに、「八」の字は同じだと言わんばかりに八路軍に加わって新しい世界の創造に寄与する、と主張する変り身の早い滑稽な浪漫派もいたけれど――には迷える小羊という語呂合わせのようだけれど、なにか心をなぐさめるものがあったかもしれなくて、あたしは、黒い縮れ毛の仔羊の毛皮のコートを売ったお金で羊肉や小麦を手に入れた残りで、胡同に住んでいた新聞社の整理部の人の流産してしまった若い奥さん（美人）が新生児のベビー服用に用意していた英国製の白い極細毛糸をゆずってもらった時、ふわふわした柔らかい毛糸とアメリカのニッティング・ブックが一緒に包まれていて、つやつやしたコート紙の表紙には歯の無いピンク色の口を開けて世界を丸ごと受け入れて幸福そうに全身で笑っている丸々とふとった赤ン坊の写真が載っていて着ているベビー服（成長にあわせて、袖をとって着丈を詰めて端を編み直せば、ベストになるし、袖の分と丈を詰めてあまった分の毛糸で作るベビー用の帽子かミトンかソックスの編み方も載っていた）をまだお腹の中にいたあんたのために編みながら、聞いていた。

羊は春になると冬の間に着ぶくれていた部厚い毛皮の「コート」を脱いで（刈りと

られて）夏用の薄いウールの「セーター」か「アンダーウェア」姿になるのだが、他の繊維も、木綿は綿の実を保護する毛羽なのだし、麻繊維は植物の大切な胴体である幹を守るための強靭な繊維、絹は蚕が巣ごもりをする「コート」というか絹のおくるみやゆりかごで、繊維はもともと間接的に「外皮《コート》」の役割を持つのだけれど、羊の毛《ウール》はそもそも、羊の「外套《コート》」なのだから（人間が毛を刈りとらなかったら、羊毛はいくらでも生えつづけるのか、それとも、ラクダのように――北京の町でも城外から荷物を運んで来るのを時々見かけることがある――脱けかけた毛のかたまりを汚いボロのようにぶらさげていたりするのだろうか、とパパとあたしは言いあう）、羊毛は神の意志によって、と「羊の本」の著者は、突然、素朴な科学的叙述を、信心深い「羊飼い」のそれに変え「人間の着る「外衣《コート》」にもっともふさわしい自然さを有している」と独断的に書いている、と父親は言い、若い妊婦（お腹の中には、三ヶ月か四ヶ月の丸くなって羊水に浮かんでいる胎児の私）は、女学生の時に読んだようやく新調したばかりの外套を奪われる哀れな男の登場するロシアの小説を思い出して、少し心が痛んだりもするのだったが（いったい、何のために？）、表紙のとれかかった英和辞書の knit の項目で a tightly-knit family という言い方を見つけた若い男（胎児の父親）は自分たち（まだ生れてはいないけれど、子供を含めて）も、固く編み込まれた（結ばれた、と訳すべきだろうが）家族というユニットになるだろうと考える。もちろん、その時、母親は黄土色で多色のポツポツしたネップの入ったドニガル毛糸（本物のドニガル羊毛を使ってホームスパンのツイード地に織られていたら、大島や結城の紬のようにすごく高価な趣味的布地だけれど）で編んだ暖かなカーディガンを着ていたし、そのカーディガンを白いベビー服の上からおくるみにしたものを着せられて私は青島《チンタオ》から米軍のＬＳＴに乗って佐世保に上陸し、ラグラン袖でヘチマ襟のカーディガンは、父親のチョッキと母のマフラーと私の正ちゃん帽とミトンになり、その後、他の残り毛糸とカギ針編みの丸いクッションになったのだが、父親は、ドニガル毛糸のチョッキを残して家を出てしまうのだ。

私は、いつものように、冷たいシーツの間に足をすべり込ませ、電気スタンドを点けて、老いて弱った眼が文字を追えるように明かるさを最大のところに調節する。ベッドに持ち込んだ本のページを開いてラジオのスイッチを入れると、物憂いという言葉をメロディーにして演奏したかのように官能的な「ブルー・ムーン」の曲が流れ、かつて彼女は（アメリカ人の恋人の影響だったろう）映画の画面に流れるバック・ミュージックのことを妙に気取ってインシデンタル・ミュージックと言っていたのを不意に思い出して眼を閉じる。あたたかな、やさしい目まい、循環する記憶。開いたページに、「身体の中で最もエロティックなのは衣服が口を開けている所ではないだろうか。……二つの縁（半ば開いた肌着、手袋と袖）の間にちらちら見える肌の間歇。」と書いてあるのを読み、私は満足の溜息をつくのだが、スクリーンの中で、女のコートと革の手袋の間にかすかに覗いている手首の内側（手首を動かす関節にそった横皺と地図の中の川のように浮かびあがる水色の血管）に唇をつけて眼を閉じる男について書かれた文章を思い出す。唇の柔らかな濡れた皮膚に女の手首の波立つ心臓の鼓動が伝わり、お互いがお互いの欲情をわずかに接している唇と手首で感じとるシーンについて読んだはずのページを見つけるために、私はベッドから起き上るかどうか決めかねているうちに、そのまま眠りにおちてしまうだろうか。それとも私は半睡状態で、手をのばせばとどくはずの本の別のページを曖昧に反芻（四肢を畳んで横になり眠りかけている暖かな牛や鹿のように）したかもしれない。多分、固い繊維質で出来ている緑色の草は、胃の中から口に戻して反芻している時にこそ、ゆっくりと草の甘美さを味わうことが出来るのではないだろうか。ぼんやりと浮かびあがるあの画面も、かすかに響いている音楽によって呼びおこされるのかもしれない。「……すると目が覚め、もう、画面は見えない。そのまま眠りへの波に身をゆだねていると、画面を定着するすべもなく寝入ってしまう。まるで知性には、そんな画面を見る権利はないとでもいうかのように……」

「身体の中で最もエロティックなのは……」はロラン・バルト『テクストの快楽』（沢崎浩平訳）からの引用。

「孤独の讃歌」あるいは、カストロの尻

金粉ショーというか、金色の、肌に着ける塗料についてならば、『007　ゴールドフィンガー』を映画でも見たし、身体中にそれをくまなく塗ってしまうと、皮膚呼吸が出来なくなって死んでしまうということをその後で小説の中で読んだのだったが、十月の十五日から一週間までならば、地方都市のサクラメントという名前のキャバレー気附けで出してくださいと書いた手紙の返事には、金粉ショーのダンサーの危険には十分に気をつけてください、と書いてあった。薄いベージュに近い色の官製葉書きに小さな四角い字でびっしり書かれた返信には、皮膚呼吸は人間もわずかにするけれど、専らミミズとかヒルといった呼吸器官を持たない生物の呼吸法で、カエルとかウナギなどは肺呼吸やエラ呼吸と併用している、ということは、市立図書館に行って平凡社の百科事典を見るまでもなく、誰でも知っていることで、『007　ゴールドフィンガー』のタイトルで主題歌にあわせて踊る全身くまなく金粉を塗ったグラマラスでゴージャスな美女が、やがて死体となるのは皮膚呼吸が出来なくて、チッ息死というわけではなく、黄金の微細な粉マツが体中の毛穴を埋めて汗がかけず体温が急上昇する heat attack のせいなんじゃないか、といったようなことが書いてあるのだった。そんなことの書いてある手紙を、なぜラブレターだと思ったのだろう、私は。

金の値をつりあげて世界制覇をたくらむ『ゴールドフィンガー』の悪役、ゴールドフィンガー自身が塗ったわけではないのだろうけれど——でも、イアン・フレミングは、通俗的かつ大衆的なサディストのレイシストだから、金粉を女の体に塗りつける、いや、それとも金泥の風呂に沈めたのだったか、覚えていないけれど、どっちにせよ、すっかり、俗悪なサディズム気分でその気になって——おっ立てて、ということです——書いたのに違いないのだが、殺された女（もちろん、ブロンドの）の体をすっかり黄金に覆っていたのは、サディストでレイシストの男は例外なく見栄っぱりのうえに、リンショク——漢字でどう書くのかわからないけど（ディケンズの『クリスマス・キャロル』のスクルージ老人として、ぼくたちはリンショクという言葉を覚えたはずですよね？）極端なしみったれ、という意味——だから、金を一人じめしているにもかかわらず、「24金」を使わず、とは言っても黄金のペンキってわけにはいかないからな、と笑って「18金」程度のものを使ったかもしれない。それに、たとえ「24金」を使ったとしても、ギリシアのミダス王ではないのだから、彼の指が触れるもの全てを丸々全部、ムクの純金に変える能力を持ってはいないから、しょせん、金メッキを被せた女体にすぎないのだけれど、ぼくたちの金粉ショーでは、むろん、本物（たとえ「18金」にしても）の金が使われるわけではない。

ドーランだか水おしろいだかに金色のねっとりしたクリーム状の物を混ぜて、ブラッシというか舞台化粧用の刷毛とかスポンジで体中に金粉を塗るやり方にはいろいろな方法があるのだけれど、塗るのよりも落すのが面倒で、だから、理想的には、というか贅沢をいえば出演の依頼のあったキャバレーとかクラブ（地方の中小都市にしては、「歴史」とか「文化」とかがあるだけではなく、なにより金を稼いでいる「産業」のある）のせこい楽屋に、お湯の出るシャワーの設備があると楽だったのに、なかなかそんな物がある訳もないから、まず、手と顔（耳や首全体も）に塗った「金」を薄いグリーンがかった水色のプラスチックの蓋ですぐにわかるポンズの大ビン入りコールド・クリームとガーゼで拭き取って、相手の女の踊り子はビキニ型の小さな小さなブラジャーとスキャンティ（むろん、黄金色の布で出来ている）とおそろいのターバン（金色のクジャクの羽根の飾りつき）を取り、自分は男性用の極小スキャンティ（ほぼペニス・サック、というか、マスクといった感じのシロモノ）と頭にぴったり被った水泳帽のような黄金のキャップを外して、とりあえず日常着の下着をつけた上から服を着て宿泊先の、たいていは駅前にある田舎まわりのセールスマンが客層のうらぶれた安いホテルに戻って、スポーツ・バッグから、薄い水色のプラスチックの蓋の白いガラスのビンに入った特大サイズのポンズのコールド・クリームやガーゼを取り出し、体を拭いて金粉を落してからバスにつかり、シャワーを浴びて、それから、遅い夕食をとるために、地方都市特有の午後十一時過ぎの人気の無いアーケードのある駅前通りから横に入って前もってタクシーの運転手から情報を仕入れておいた安くてうまい食堂（なにもかもが油じみた汚い店でかなり混んでいて、小さな子供と赤ン坊連れの客までいたりするのです）で、ソースカツ丼セット（みそ汁、香の物付き）とか、肉ダンゴ定食、刺身定食、ミックス・フライ定食とか、あまり食欲が無い時は、タンメンを注文し、こちらの予想していた時間をはるかにうわまわる早さで注文した料理がテーブルに並ぶので、料理を待つ間に注文したビール（薄いオレンジ色で白い塩の粉がまぶされたかっぱえびせんが安物のガラスの小皿と言うか、昔はコップの受け皿としてセットになっていた物の、片割れ然としたものに盛られて付いてきます）はまだ一杯目がコップに半分は残っているくらいで、ずっと食欲不振が続いているパートナーのダンサーは脂も油も使っていないので注文した定食のイカと里イモと大根の煮物のやや煮えすぎてしょう油とワタの混った黒っぽい色の大根を割箸ではさみながら、さっきホテルで〈彼〉と電話で話しをしたんだけれど、と溜息をつき、金色に塗った顔に赤で大きな目ばりを入れたりノーズシャドーを入れて、部厚いつけまつげで野性味と精悍さとゴージャスさを演出したメーク（いわば、黄金のケモノのメスと、私の演じる黄金のケモノのオスのサカリのアリ様が金粉ショーのダンスの主題なのです。ダンサーを三人やとう余裕のある繁昌しているキャバレーやクラブの出し物の場合は、黄金色のメスのケモノ二頭がオスを争うという設定になるのですが、それはもちろん、金粉ショーを見たことはなくても『ゴールドフィンガー』はあなたも見ているから想像がつくでしょう。キャバレーの客たちは、たっぷりとしてなめらかな丸い湾曲面の凹凸を持つ女体が、富と豊かさのそのものズバリで、象徴にさえなっていない黄金としてサン然と輝くことにエロティシズムというより、色情と、それより強い金銭欲を刺激されるのですから、男のダンサーは、そうですね、黄金のメスのケモノを発情させるための人工ペニスのようなものです。市立図書館で『黄金詩篇』という詩集のカヴァーを見ながら、ぼくはそう思いました）を落してしまうと、やや寸づまりで鼻が短かくてひしゃげたペルシャ猫のような小づくりの顔の若いダンサーは、人の良さそうな顔をしていて、戦前派のヒイキ客たちの中には、きみたちは知らないだろうけれど、と思い入れをしてから、あなたの顔はシモーヌ・シモンに似てるな、シャム猫みたいでね、と彼女にむかって感想を述べるインテリもいるのだったが、私も彼女も、ヒイキ筋の御馳走になっているのだから、それを言うのなら、やや面長の骨格で二色の毛並みのシャム猫ではなく、ペルシャね、と訂正したりはしないで（それに、コンビを組んで金粉ショーをやっている彼女のことを、ぼくはむしろ、時々、おでん屋とかクシカツ屋で見かける黄金色仕上げのまねき猫に似てると思っています。きみは、まだ彼女とあったことがないのでしたね）、にこにこ笑っている。

ゴールデン・コンビとまではいかないにしても、金を稼ぐための金粉ショーのドサ回りは二年続いていて、〈幻惑の妖しい輝き　黄金にうねる華麗な二つの女体　豪華絢爛の金粉ショー〉の時には、彼女がモダン・ダンスのレッスンを受けていた時に知りあった、今は新宿の深夜スナックでアルバイトをしているけれどフラメンコ・ダンスを本格的にやりたいと思っている、やや太めの体つきで大きな二つの揺れる乳房を誇る西村さんが加わるのだったが（御承知のとおり、ぼくは金粉ショーを本気でやっているわけではないのですが、ここだけの話――きみにしか言いませんが――西村ユリとコンビを組んでドサを回る方が、客にも受けるし、稼ぎもいいだろうな、と考えてしまうのです。天野舞衣――アマヤマイと読ませる気の利かない芸名なんだよね――は、体ものっぺりしていて、胴の長いのっぺりした体型が前衛白塗り暗黒舞踏にはいいのですけど、いつの間にかシリコンを入れてデカパイにしてしまい、金色に塗ると、いやらしく物欲し気なマネキ猫——福とか金銭を招くかは、これまでのところ不明——のようにも見えるということは前にも書きましたよね？）、西村さんには〈詩人〉でカメラマンの助手をしている同棲相手がいて、その男は、どこか地方の中小都市の鉄骨とガラスの屋根で覆われて雨の日にも濡れずにお買物の出来るスズランとかヒマワリとか、花の名前だったり、もっと芸もなくニコニコ商店街だったりするところにある眼鏡屋——時計類と補聴器と多少の金製品も置いている——の息子で、父親が店の商品の老眼鏡を使うようになったのはともかく、補聴器までも着ける必要を周囲ばかりでなく自身でも考えるようになった今日この頃、眼鏡屋をやりながらだって〈詩〉は、孤独なミューズさえ微笑めばいくらだって充分に書けるし、カメラだって眼鏡だって、レンズを扱っているということでは関係があるし、一緒に暮しているらしい女性《ひと》——かあさんには、こっそり会ったことがあるらしいね——とこっちに来て結婚して式も挙げて、そうしたら記念に、お前の写真と詩の本を作る費用も出してやると言われて、いろいろ現実的に考えてみれば、あたしの踊りは、ジャンルを問わず、趣味のイキに少し毛が生えた程度のものだっていうことは承知してたけれど、彼の〈現代詩〉だって〈写真〉だって、どっこいどっこいなんだから、これは、かなりいい話しでしょ？　月に二回は新宿のフラメンコ教室に通うこと——新幹線で充分日帰りが出来るし――を条件に結婚することに決めちゃったんだよね、と報告され、もちろん〈詩人〉というか〈カメラマン助手〉とも、親しいとはいわないまでも知りあいだったから、海辺の町のリゾート観光ホテルの宴会場「星の渚」での披露宴に出席し（PS・『黄金詩篇』は旅回りで長く滞在していた町の図書館で見たのではなく、西村ユリと――芸名は、西ホノオ――詩人が住んでいたアパートで見たことを思い出しました。詩人の大切な蔵書だったのです）、せっかくだから、リゾート観光ホテルに一泊して、たまには羽をのばしてお客気分を味わうつもりだったその夜、ホテルの海を見晴らすバーで、以前から事情はウスウス知ってはいた、アマヤマイのごく平均的なありきたりにこじれた恋愛問題の相談を受けるというか、一方的なグチの聴き役にまわることになったのだった。

きわめて平均的でありきたりなこじれ方をしている、とハタの誰が見ても思える平凡な恋愛とは言え（当事者にとっては、絶対的なことなのかも知れないけれど、もう一方の当事者にとっては、すでにそうではなくなっている、とかね）、彼女の場合の三角関係も長びいていて、お互いの嫉妬の応酬（ぼくとの仲を疑った衣料問屋の番頭の狂恋男は、ドサ回り先きに、出張だと妻をいつわってついて来て――ぼくとは顔をあわせないように、こっそりと――彼女を見張っていたのです）、こちらにまでゴタゴタは波及して、太い眉と眼の間が狭くて鼻柱が太い南方系の顔立ちで毛深いのが、キャバレーのような場所では強持《こわも》てして――そのスジの者とカン違いされ――キャバレーやクラブでは「ショー・タイム」の特別料金《テーブル・チャージ》があり、それと別に店のホステスの指名料があるのだったが、女房持ちのくせに愛人に対して嫉妬深い男は、むろんホステスの指名はせずに、「ショー・タイム」だけを楽しむ客が多い薄暗い照明の中二階状になっている席に座って（普通、愛人の行動を疑って後をつけて見張っている男というのは、こうした場合、ウイスキーとかビールとか、せいぜいハイボールを注文すると思うのですが、この男の場合は――後で店のボーイに訊いたのです――メキシコで強いお酒《テキーラ》を生《き》のままでは飲めないけれど、アルコール飲料を飲みたいレディーたちのために考案されたグレープフルーツ・ジュースの入ったマルガリータを、毎晩注文したそうです。カクテルがお好みだったら、ジン・トニックとか、『ゴールドフィンガー』の主役のジェームズ・ボンドが好きなドライマティーニでもいいのに、この男は――茶色いレンズの入った太い黒縁のサングラスをかけているのは、嫉妬の苦悩のせいで泣き腫した赤い眼を隠すためだったのでしょうか――やや乳白色に曇った柑橘類のさわやかな甘苦い液体とアルコールが充たされた、透き通った、縁には白い雪のような塩の裾飾りのついたナイロンのサーキュラー型のペチコートというかバレエ・

ダンサーの着るチュチュを逆さにしたような形というか、アサガオを逆さにとも、ジョーゴとかロートの形とも言える形のカクテル・グラスの飲物を注文するのです。それにしても、ぼくの持っている、というか持てあましもする長い長い午後の時間のペン先きを浸す、ねばつく光……）、結局のところ、どういった成分で出来ているのか知らない金の塗料で顔を含めて体の大部分を覆い、ごく小さなスキャンティ（昭和三十年頃、きみは知らないかもしれませんが、キャラコやメリヤスの、まるでズダ袋のように大きなズロースとは大違いな、スキャンダラスなほど小さいパンティという意味で使われた言葉で、ついでに、ビキニ水着という言い方は、あの水着のデザインを考案したのが誰かを知らないけれど、ビキニ環礁での原爆実験の衝撃くらいに衝撃的だというので名付けられたのです、と教えてくれて、ため息をついて付け加えるのでした。〈ビキニといえば、あたしらは第五福竜丸と原爆マグロとストロンチウム90の雨を思いだすんです〉彼は金泥を塗った招き猫のように見える踊り子と泥沼の関係の、浅草橋の衣料問屋の社員の男なんですけれどね）とブラジャーを着けて、踊りのパートナーから見ても、とても上手とは言えないし、ましてエロティックとは思えない肉体を凝視（金粉ショーに限らず、キャバレーのショー・ダンスでは男のダンサーは、別にいなくても一向に構わない余計者なのです）しているだけではなく、むろん、筋肉質ではあるけれど、たくましいと言うより、なにしろダンサーなので、しなやかで、スレンダーなパートナーの体もジロジロと、いわば喰い入るように眺めていたのは（金粉ショーのダンスの主題《テーマ》でしかない〈性行為〉と現実を、泥沼の恋を生きることに特有の迷宮的な嫉妬のせいだったのです）いわば、誰の目にも異様だったけれど、むろん、そういった要注意人物に関心を払うのは、店のボーイと支配人の仕事（だったので、気をつけたほうがいいよ、カイちゃん――ボーイやホステスたちは芸名にちゃん付けで親し気に呼ぶのです――心あたりあるんだろ？　と注意をうながしてくれたのでした）ではあるけれど、面倒をおこすのは、店の外にしてくれと言うのだった。

　それは、キャバレー・サクラメントではなく、キャバレー・メヒコでの出来事だったかもしれない。オリンピックにあやかって店内がメキシコ風のインテリア、と言っても、派手な銀の装飾のついたソンブレロとか民芸品風の原色の糸で織ったポンチョとか、作り物のサボテンが飾ってあったりして、入口ホールの壁面にはショー・タイムに出演したことのあるラテン歌手やラテン・グループ――トリオ・ロス・パンチョスとか、東京キューバン・ボーイズといった――の、まるで読めないグシャグシャのほぐした毛糸のような、ナメクジがのたくったようなとも言う字のサインの色紙や、店内で撮った写真――メキシコ風の口ヒゲを生やして、何段ものフリル飾りが、薄紙をはりあわせたハニカム細工の釣鐘形七夕飾りのような袖のシャツを着たアイ・ジョージとか、黒いストラップレスのギルダ風のドレス姿の豊満な身体の坂本スミ子とか——が額に入って飾ってあり、ボーイたちの中には口ヒゲを生やしているのもいて、『革命児サパタ』とか『戦うパンチョ・ビラ』とか『メキシコ万歳』の蜂起した革命軍の農民兵が着てたような白い木綿のゆったりしたシャツにズボンを着てシャツの上からウエストのところに黒い太いベルトをしめて茶色い革のサンダルをはき、ホステスたちは、フラメンコの踊り子が着ている、ギャザーが段々になって重なっているスカート（そういうスタイルのスカートをティアード・スカートと言うのだ——ボリュームのあるペチコートにもあるデザインだけど——と浅草橋の衣料品問屋の狂恋の番頭——社員ではあるのだけれど、番頭というイメージ——が教えてくれました）に大きく胸が開いていてフリルの付いた肩からずり落ちそうなブラウス（そういうブラウスを何と呼ぶかは、聞きもらしてしまいました）を着て、スピーカーから流れる橋幸夫が軽快そうに歌うどこか盆踊りめいた「恋のメキシカン・ロック」をビール工場とか電器会社の工場の客と一緒に踊るのだった。

　メキシコと恋はもちろん結びつくのだが（恋と結びつかない地名がどこにあるのでしょうか？）、メキシカン・ロックなどというものは聞いたこともなかったし、歌詞の「メキシカン・ロックゴーゴーゴーゴー」というのも奇妙で、フロア係に見せてもらった45回転のビクターレコードの投げ込み式歌詞カードには、日本のタップ・ダンスの元締めの中川三郎が指導する「ニュー・ステップ」メキシカン・ロックの踊り方が紹介されているのだったが、もちろん、キャバレーの客たちが踊るのは、ツイストともモンキー・ダンスともつかないもので、私は橋幸夫が甘い鼻声で歌う「恋の酒ならテキーラテン・ロックで踊ろう指先からでも心はかよう僕の気持はメキシカンパッション君のスタイルメキシカンファッション」という歌詞を、今でもなんとなく覚えているほどだが、衣料問屋の番頭の狂恋男は、「指先からでも心はかよう」という歌詞が好きで（本当にそうだと思うのです、と、つくづく言ったものでした）、しかし、彼が熱心に見つめるのは、回転するミラーボールのふつふつと沸きあがる光の発泡酒のように天井と壁にひろがる照明の中に煙草の煙がたちこめ、レコードからカセットに、ダンスのふりつけに合わせて録音した、わかりやすく親しみやすい、エロティックで扇情的で野性的、かつ都会的で硬質なモダンさも感じさせるはずの、「ハーレム・ノクターン」や「春の祭典」、小泉文夫監修の民族音楽のレコードからとったアフリカ西海岸のドラム、それに「ゴールドフィンガー」の金属的なラッパの前奏部を混ぜこぜに組みあわせた音楽のシャワーと店の照明マンが気合を入れてあててくれるライトを浴びて、金色の肉体をくねらせる天野舞衣《あまやまい》の姿だったのは言うまでもないことだ。まだこの店が改装前のサクラメントだった頃には存在しなかったシャワーを浴びるために顔と手足の金粉をコールド・クリームで拭きとってホテルの部屋に戻ると（ホテルの部屋に戻る、という言い方は、ドサ回りの間の短い滞在にしても、元来、ぼくの体質的な好みである自分の巣穴への愛着を確かめるために、ほとんど無意識に使ってしまう言葉なのです）、しばらくして彼女から電話があって、三人で話しあいたい、と言うものだから、三人というのは、あの衣料問屋と一緒にってことだよね、話しあいたいって、まさか、ショーをやめるというわけじゃないよね、もしやめるとしても、ここの契約はまだ二晩残っているのだから、その後にしてほしいな、男一人の金粉ショーなんてさ、キャバレーに金の仏像が置いてあるみたいで通用しないよね、と言うと、彼女は少し笑い、そういうことじゃなくて、と言いよどむように言葉を切ってから、彼、家を出てきちゃったんだって、と言うのだった。

　油じみてベタベタする定食屋で、妻と子供——たしか、子供もいたはず——と職場も捨てて、ひらべったい体の腰の薄い幸も薄そうな踊り子（オッパイにシリコンを埋めて、様になるように見せてはいますが）の役立ずのヒモになって旅の生活をするのだと、冷静さというものをすっかり放棄したロマンチックな男とその宿命の女《ファム・ファタル》（ファム・ファタルはぼくの場合、白い波頭のようなふわふわした毛皮に包まれたイメージなんですけれどね。白テンであれ白ウサギであれ、なにしろ毛皮に包まれてなければね）と一緒に、牛のスタミナ揚げ定食とかソースカツ丼を食べながら話しをするというのも、いかにもそぐわない気がして（駅前ホテルの隣りの宴会場付き中華料理屋で三人で食事——しばらく、ぼくが一緒の、変則的に続くことになった、恋の逃避行というか迂回路の間、時々三人で食事——をしたのですが、夜の金粉ショーの時間以外は二人はいつも一緒で、それというのも問屋の番頭が一時的に性欲異常昂進——亢進とどっちの字を使えば、あの感じがでるでしょう？——としか言いようのない欲情におちいっていたからです）、それに今後のことをなんとかしなければと、しきりに考えるのだった。

　きっと、番頭の妻は、夫の体とか下着に付着していたごく少量の金粉——彼女の体から落しきれずに残っていた——から、彼女の存在に気づいていてどっちみち妻の直感と執拗さで夫と女の逃避行をつきとめ、やがて二人に追いつくかもしれないのだが（でも、ぼくの旅回りの生活にそう変化はなく、昼の間のヒマな時間、本を読んだり映画を見たり、そう、こうしてあなたに手紙を書いたり、夜の黄金の皮膜に隠れていた孤独な男に戻って、気ままに過します）、それまでは、三人の変則的な生活が続き、旅の先きざきのキャバレーやクラブや宴会場の楽屋で——これはとりあえずプロフェッショナルな場所だったので、恋人兼マネージャー顔もするようになった問屋の番頭も寄せつけないのだ——金粉を刷毛とスポンジで塗りあいながら、これから先き、どうするつもりなのだと、ややお節介な質問をすることもありはしたが、背中に塗る最初の一刷毛の冷たさに、反射的にブルッと身震いする彼女は、曖昧な生返事をするだけで、もともと分析的なタイプというより、セツナ型だったから言葉で説明するのが好きではないのだ（しかたなく、ぼくは、しだいに番頭と話しをする機会が増えるようになったわけです）。トリの金粉ショーは長くて十五分、一時間の休みを置いて、二回目のショーを演じることになっていて、妖艶燦然の金粉ショーの前には、ラテン音楽グループや冗談音楽《コミック・バンド》系や演歌歌手の歌謡ショーがある（そういった大衆芸能関係の無教養な、でも、中にはインテリのミュージシャンもいたのですが、どっちにしても、芸人たちと交際するのは、はっきり言ってぼくは苦手というか苦痛だったのです）のだが、衣料品問屋の番頭は、仕入れだけではなく営業方面の仕事で接待にもなれていたし、そもそも、宿命の女である金粉ショーのスリムな体にデカイボインボインのダンサーを見初めたのは、デパートのバイヤーを接待した時か、それとも縫製工場の社長に連れていかれたのか、桃色に輝く巨大なネオンに〈処女林〉と店名が示されているのを、どう読むか——ショジョリンかあるいは、オトメバヤシか、酒池肉林という言葉を、チラッと連想する——考えさせられる上野のキャバレーでのことで、縫製工場の社長にしても問屋の営業にしても、大型キャバレーの大人数のホステスたち——戦争体験者の社長は、ちょっと前まで、戦死した兵隊のね、未亡人のアルバイト・サロンというのがあったんですよ、アルサロって言いましたがね、と言い、その頃はまだ恋の逃避行を経験するとは思ってもいなかった衣料問屋の社員は、親父は南方で戦死し、おふくろが苦労して自分たち兄弟を育ててくれたのだ、と打ちあける。厚化粧してドレスを着てアルサロで働けるようなタイプじゃありませんでしたがね——が身に着けている原色系のつるつるした合成繊維にスパンコールを飾ったイブニングやチャイナ・ドレスの原価がスパンコールを縫い付ける主婦たちの内職代も含めてどれくらいかよく知っているので、ビールを飲みながら、つい商売の話しになってしまいがちだったとはいえ、ホステスとか、社長とか、大衆芸能の芸人たちと会話をするのも苦手ではないタイプだから、金粉ショーのマネージャー役をこなすようになるのに時間はかからなかった。

　市内の洋品店で、原価を知ってる強味で何ダースかをまとめて値切って買った格子柄の大判ハンカチをきれいにたたんで紙袋に入れ、のし紙を巻いて金粉ショーのコンビ名を書き、勝手に自分用に作った偽名の名刺——天野舞衣のマネージャーと印刷されている——をそえて、楽屋で一緒になる芸人たちやキャバレーのボーイや女の子に配るのだった。

　最初こそ、昼間はホテルの部屋から一歩も出ずに、性欲異常昂進というよりも、正確とはいえないまでも、金粉ショーの自称マネージャーが後に自ら名づけた言葉でいえば情熱恋愛全体の一部である性行為を続ける——楽屋で知りあった大衆芸能の芸人的には、コーマンをやりまくる、であり、もう少し古風な表現では、太陽が黄色く見える（そう言えば、「恋のメキシカン・ロック」の三番の歌詞は、「君はたのしい太陽娘君は陽気なイエローダリア」と言うのでした）という程の過淫——日々であったが、もちろんそうした過剰というか過酷な性交は体力的にも無理で、もともと〈文学青年的傾向——というか志向、それとも資質か〉の持主であった男は、平日の昼間のうちから図書館で好きな本を読んだり、本屋——古本屋も含めて——で本を見て歩いたり雑誌を立ち読みしたり、ピンク映画館と同じ建物にある名画座で上映している——時々、ピンク映画と間違えて入って来た客が、出ていきがてらに不満のヤジを飛ばすといった環境で見ることになる——古い名作や芸術映画を見て（ネオレアリズモの二本だてを上映していた空席だらけの映画館に入ると、少年が空襲の後の瓦礫の町を走って、崩れかかった建物の屋上から飛び降りるシーンが映っていて、ぼくが座った席の前の座席が激しく音をたてて揺れ、体格の良い男が体を震わせて嗚咽しているのでした。そう、衣類問屋の番頭です。……さっそくの御返事ありがとう。こちらの予定が変更になって、次に移った町のホテルにあなたのお手紙がとどくのに少し時間がかかりました。その通りです。わざわざ書かなかったのでしたが、『裁かるるジャンヌ』のファルコネッティのクローズ・アップを見てアンナ・カリーナが涙を流すシーンを、つい連想してしまったのです）、場内が明かるくなる前に、彼に見られないように——泣き腫した男の顔を見たくないし、見られたくもないだろう——こそこそ（という気分で）と映画館を出て（ガラガラ空きですから、目立つのです）、夕方近くになって近くの喫茶店で本を読みながらコーヒーを飲んでいると、腫れぼったい眼をサングラスで隠した男が入ってきて、ちょっと話してもいいか、と言うのだった。

　あなたはぼくが、ただ女に狂って家族を捨てた愚かな男というだけではなく、こうやって、偽名を使って逃亡的な旅を続けているからには、多分、誰でもが考えるように、会社の少なくない額の金を横領してもいるはずだと考えているだろうし、会社が警察沙汰にすれば犯罪になるのだから、事件のうずちゅうに自分を巻き込んでほしくない、と考えてるでしょうね、と言い（言葉の前後のつながりから、「うずちゅう」

が「渦中」のことだというのは、少し考えてわかりましたが、笑うわけにはいかないので表情を変えずに）、そんなことは考えたこともない（それとも、「かちゅう」と読み方を訂正してやるべきだったでしょうか？　渦中、大きさはどうあれ、うずまく水の中。公金横領犯の不動産屋の女事務員が、さびれたモーテルでシャワーを浴びている最中にナイフで刺し殺され、たおれた女の死体の見開かれた大きな眼玉の表面をシャワーの水が流れ、浴室の白いタイルの上を、モノクロなので濃い消し炭色に見える、でもまさしく血の混った水が丸く見開かれた眼球のような金属の排水口に勢よくうずまきながらめまいのように吸い込まれて行くシーンを思い浮かべたのは、彼が――高級店で寿司をおごってくれたし――公金横領犯だとうすうす思っていたからかもしれません）、と答え、それに、本や映画の中では、激しく宿命的な恋をして妻子とか職業を捨てて女のもとへ走る男というのは、ありふれた存在にすぎないけれど、実際に見たのは、はじめてです、と言うと、赤く泣き腫した眼をサングラスで隠した男は、自分だって、見たり読んだりしたことはあるけれど、身近な人物の話しとしても聞いたことはない――借金のせいで一家で夜逃げをした同級生が中学の頃には、よくいたけれど――と言い、でも、そのうずちゅうの人物になってしまうと、と、もどかし気にぴったりした言葉を探そうとして軽く苛立ち、やがて、言葉を探すのをあきらめて、自分は今の生活が気に入っているし、今まで生きてきてこんなに自由に昼間から映画を見たり本を読んだりしたことはなかった、と言うのだったが、いや、浅草橋の会社では営業だったから、仕事をさぼって映画館にはよく行ったものだった、と少し口をつぼめるようにして笑う。本を読む時間はあまりなかったけれど――読むのには集中力が必要なので――ずっと読みたいと思っていた本があって、探していて、そのタイトルは『カストロの尻』というのだと、ゆっくりと今度は口角を釣り上げるようにして笑う（きみが手紙に――どうやらきみも誰かに恋をしているのでしょうか――引用していた、「ロマン派風に恋をしている男なら、狂気の体験をもっている。ところが、そういうたぐいの狂人をあらわすために与えられる現代語は現在ひとつもない。」という文章は誰の本からの引用なのですか？）ので、それはどんな本なのか、と質問すると（きみもイメージしたように、ぼくも、ＣＩＡとＫＧＢのキューバが舞台のスパイ戦を扱った小説で、「カストロの尻」というのは、キューバの痛恨の弱点であるグアンタナモのアメリカ軍基地のことなのかな、と思いました）、それは無教養な人形職人だった戦死した父親の遺品の一つだったのだけれど、引っ越しや何やかやのうちにいつの間にかなくなってしまった本で、同じ本の中にはウイスキーを旧カナでウヰスキーと書いたのに似ている名前の「ナントカ夫人の扇」という題名のものもあって、全部が旧カナとゴシャゴシャ入り組んだ旧漢字で黒々とおどろおどろしく印刷してあるだけではなく、文章全体が持ってまわったように重々しいので途中で読むのをやめてしまったのだが、なにか、言ってみれば、いつ見たのかも覚えていないけれど、不意に頭の中の波うつ海の中で沈みかけた船が発する点滅する救助を求める信号のような、もしくは、船腹に大きなダメージを受けて沈没した夢の船の残骸というか断片と言うべきかもしれない（と、衣類問屋で、メリヤス婦人物ズロースとか、針抜きメリヤス肌着などを扱っていた男が、こういった言葉で、突然語り出したのは、やはり、〈愛の狂気〉のせいだと、はっきり言ってあまりにも薄気味悪く、一刻も早く追っ払いたいと考える反面、感動して少しホロリとしたのでした）と、言い、記憶の海を漂う曖昧な夢の断片《かけら》についてもどかし気に、しかし甘美とも言えそうな口調で語るのだった。あたしは、ずいぶん、コクイ目にもあいましたし、妻にはコクイことをしたわけです、と男は言って（ぼくは、うなずいて聞きながらそれが、酷《ひど》い、だと気がつくのにかなり時間を要しましたが、コクイの方が、ひどい感じがします）首を振る。私だって、まさしくコクイ経験をしているのだ。なぜなら、きみは私の知らない誰かに恋をしていて、それが私でないことはわかりきっているのだから。

その間、外見は平板な丸顔の黄金色の招き猫ではあるけれど、実は宿命の女《ファム・ファタル》は、様々な要因から来る筋肉疲労を含めて凝った体をほぐすべく、駅の北口――繁華街のある方とは反対の出口――の、サウナやマッサージ、麦飯石、ゲルマニウム鉱石といった各種の設備の整った、最上階にはビルのオーナーの美術品コレクションを常設展示してある通称「温泉天国ビル」で、サウナとマッサージのコースで疲れを解きほぐしているのだった。結いあげて黄金のターバンの中で固くまとめられている長いたっぷりした髪を解いて、ブラッシで梳く――あのドイツの歌曲で舟人を誘惑するローレライは、黄金の髪をくしけずるのだったか、それとも黄金のくしで長い髪をくしけずるのだったか、と恋する男は連想の運河にそれつつ――のは自分の役割（そうです。神聖な役割といった口調でおごそかに、ブラシで髪を梳くと彼は言うのです）でもあるけれど、マッサージまでは出来ないから、と言い、微かな夢の断片に言葉を与えようと、溺れかけている甘美な海から浮かびあがって長い息を吐いているようだった。

多分、イタリアで、イタリアと言えばロマン派の小説とか映画に再々登場する山賊と炭焼党《カルボナーリ》が有名で――と、〈ロマン派風に恋をしている男〉は言うのだが、映画好きの市立図書館の司書と市役所員が企画した夜の七時からの図書館での映画上映会で見た何本かの映画の断片的イメージもひきあいに出すので、単純ではあるけれど情熱的な波乱に富む〈若い侯爵夫人が徹夜をして読むのに価する〉物語群は、様々な色の濃々とみがきこまれた小石をはめこんだモザイクのように入り混り、男はこの単語を喪細工と書くのだと信じているような重々しく哀しげな口調で言う（ねえ、きみ、ぼくは不吉なことを考えてしまいましたよ）のだったが――その小説では、若い貧しい山賊と城に住んでいる若く美しい領主の姫君とが恋におち、人に知られないように、城の高い位置にある夜の露台に立つ姫君に、長いよくしなう木の枝に森でつんだ新鮮なかぐわしい花束をくくりつけ、その中に手紙をそえてとどけるのだったが、図書館で上映した、日本語の字幕ではなく英語の字幕だけが入っているので、アモーレ、アモーレ、アモーレ、アモーレ・ミオというルフランのある映画の主題歌で覚えたイタリア語以外、まったくわからなかったから、台詞で説明される筋はまるでわからない十九世紀が舞台と見えるイタリア映画に、曖昧な夢の断片《かけら》が似ているような気がしたものの、体がずっとひどく疲れていたせいもあって、途中で眠むってしまい、次の夜とその次の夜と続けて見たメキシコが舞台の映画とも、案のてい（案の定、のことなのです）、入り混ってしまっているのは、愚かな――しかし、純粋な――欲望に忠実すぎたせいなのだろう、と言うのだった。

　中世の、城というより石造りの厳めしく凶悪な感じのする城砦で暮す美しい若い姫君は、どうやら、自分を犯した暴君の父親を義母や兄と謀ってナイフで刺し殺し、天蓋のついた彫刻のある柱の寝台を覆った白い麻の敷布は血で濡れ、姫君は市の広場で死刑になるような気もするが、カルボナーリの、傷を負った若い少年のような党員を自分の部屋にかくまい、女装をさせて逃がしてやり、つぎは自分が男装をして、男を救い出すのだったが、一人の男のために愛のためにカルボナーリの党員を当局に売ることになるのだった。それから、各地を回りながら映画を見たり本を読んで、キャバレーのショー・タイムが終る頃に、いつの間にか買い込んでいた中古車で、愛人とそのパートナーのダンサーをむかえに行って何日か宿泊しているホテルに戻り、彼女の体の胴体の部分を中心に残っている金粉を、てのひらで温めたコールド・クリームを塗って柔らかなガーゼで拭きとり、シャワーで体を洗ってやりながら、いつか彼女の昔の恋人（職業はボクサーだった、と、ぼくが冗談のつもりで言ったのを信じていて、おまけに彼女もそれを否定しないのです）があらわれて、自分にパンチを浴びせ、彼女をさらって行くのではないかと怯えるのだった（むろん、ライト級だというボクサーから浴びせられるパンチを想像して怯えるわけではなく――ハリウッドのメロドラマでは、悪女に手玉にとられるボクサーはヘヴィー級ですが――小さなボクサーが――狂気であるうえにパンチドランカーでもあるので恋に狂って手のつけられない――彼女を連れ去ってしまうかもしれないことに心底怯えて恐怖を覚えるのです）。

すし屋のカウンターでおつくりを食べながら、イモネギはないの、あれが食べたいな、と言うものだから、職人と連れの首をかしげさせ、ほら、これくらいのマッチ棒くらいの長さで糸みたいに細い緑色の、年寄りが区とか市の十一月の文化の日にやったりする文化祭なんかに出品する趣味の盆景の田ンぼ用に使ったり、太りすぎの紙粘土細工の黒と白のブチのホルスタインを配した牧場の牧草に見たてたりする、愛らしいやわらかな絹糸草のような、と熱心に、くどくどと説明し、たまりかねた彼女が、小さな声で芽ねぎでしょ、と言うと、えっ、これは、芋という字だろ、とヘギに書かれた品書きを職人に渡してもらって指さすのだ。

(その時、あっ、と気がついたのです。きみが手紙に引用したのは『彼自身によるロラン・バルト』だというので、本屋に注文しておいた本が回り回って昨日ホテルにとどいていたのを、ついさっきパラパラと読みはじめていたのですが、それはそれとして、舞台用の様々な必要品——衣装はほんの小さな体を覆う黄金色の布きれですが、クリームや金粉入りドーラン、刷毛、スポンジ、タオルやガーゼやメーク用のパレット、それに楽屋でひっかけるタオル地のバス・ローブ、伴奏用の曲をレコードから部分部分を入れたカセットなど——を収めたスーツケースを車(いつの間にか買った中古車)を降りた時、彼から手渡され、いつもは車においたままなのにと何気なく思い、ぼくはふと、この次の契約した店を最後に、ドサ回りをやめようと思ったのでしたが、翌日、二人の姿は消えていました。もしかしたら、ライト級ではなく、フライ級程度の小さなボクサーが本当にいて、二人を追ってきたのかもしれません。理由は、よくわかりません。しかし、その前に、あっ、と気づいた、その時に戻らなければね。小柄とはいえボクサーか、元ボクサーの強烈なパンチより、彼女が自分の前から永遠に去ってしまうことになる——冷静に考えれば、いずれは、そうなるだろうけれども——ことを心底から怖れる男が探していた記憶の本は、きみは、すでに気がついていたかもしれませんが、スタンダールの『カストロの尼』だったんですよ。でも、ぼくはそう彼に言うべきかどうか迷い、結局、言いませんでした。記憶の持ち主本人の中で『カストロの尻』は尼寺の迷宮のような地下道でさまよい、地下茎で増殖しながら大きくなる芋のように生きて芽を吹きもするわけですからね。）

　三人分の一週間のホテルの支払いをしようとすると、ホテル代はもう支払われていて、フロント係から、マネージャーさんから、と茶封筒を渡され、そこにはキャバレーの昨日までの出演料と支払い明細書とマネージャーの判を押した領収書、それに、いつか説明することがあると思うけれど、今は急いでいる、という短い手紙が入っていたので、やっぱり、あの男は会社の金を横領していたのかもしれないと思い、ビジネス・ホテルの一階のバイキング形式の朝食の用意された食堂でアメリカン・コーヒー——酸っぱくて、マグサみたいな臭いがして、まずい——を飲みながら昨日とどいた本の端を折っておいたページ（きみが手紙で指示してくれた一三四ページと一三五ページです）を開いて読みはじめる。「障害、心痛、よるべなさ、あるいは欣喜。すなわち頭のてっぺんからつま先までそっくり、流れに身をまかせ、《〝自然〟に浸された》身体。ところが、そう言ってみても、やはり《さながら私は何か借りものの引用文で語っているかのような》気がする。愛の感情の中にあり、愛する狂気の中にありながら、もし口をきこうとすると、けっきょく私が見いだすものは、〝本〟、〝ドクサ〟、〝愚かしさ〟だ。身体とことばづかいのもつれ合い。」

（きみの言うように、これは、どこから読んでも、どこでページを閉じても、いつでも友達に話しかけられているような気持になる、本ですね。）

文中の『彼自身によるロラン・バルト』からの引用は佐藤信夫の訳による。

カストロの尻——Miscellany

「餘り多くの悲しい物語を記録したので」と、フィレンツェ文書の作者は云ふ、「茲に凡べての物語のうち、筆にするだに最も心を傷ましめる此の哀話を以て最後としよう。……」

スタンダール『カストロの尼』

谷崎潤一郎訳

（言うまでもないことですが、ぼくは、ひどく時代遅れなことをやっていたのです。そうした自覚はもちろんあったとは言え、金粉ショーはあの当時では十二分に温泉地の秘宝館的にうらぶれていると言うか、あくまでナツメロ的だったし、それより以前の七〇年代のはじめでさえ、もうすでに古めかしい印象のものだったかもしれないという気がします）あれはいつだったのか、はっきり覚えているわけではなくて、旅先きでだったのか、それとも、東京に戻っていた時だったのか――そろそろ、こうした生き方を変えなければならないかもしれない、と遅まきながら考えて――どっちにしても（きみが、和紙の本を食べる紙魚《しみ》と普通の家ダニの死骸と埃の混った、咳込むような空気の古本屋の雑誌コーナーで七一年十二月号の「海」を見つけて、他の本何冊かと一緒に買い、唐十郎の小説「ダンサー」の存在を教えてくれたのでした）、惨めになるくらい時代遅れのことをしているのは確かで、時々、本屋で立ち読みしていた「海」でその当時、金粉ショーのしがないダンサーの生活が超現実的といったふうの芝居がかった調子で語られる「ダンサー」という小説を読んだ記憶はなかったけれど、七〇年代のはじめにリバイバル上映されたし煽情的なメロディーと歌い方の主題歌が大ヒットした『007　ゴールドフィンガー』のおかげで、金粉ショーは、細々ながら地方のキャバレーやクラブで注文があり、なぜか根強く黄金の肉体のファン層というのが存在しているらしく、温泉旅館の団体客の宴会の余興などにも呼ばれたりしながら続いていたのだった。（現実問題として——などと言うのも大仰な言いぐさですが——平べったい顔の金色の招き猫——白地に黒のブチより、少し値段が高い——に似ている金粉ダンサーに夢中になって、会社や家族を捨てた衣類問屋の番頭だって、きみも知っているようにいたわけです）いつだったか、元番頭が金粉ダンサーと中古車に乗って姿をくらましてしまった後だったか、それとも、ドサ回りの仕事がなく東京のアパートでぶらぶらしていた時だったか、彼から、決して上手とは言えないものの、とりあえずは大人の会社員といった誠実そうな文字で書かれた手紙をもらった。私の塊を切りとった女、と金粉ダンサーのことを書いている（きみはもちろん、彼が無教養でそそっかしいせいで、魂を書き間違えて塊と書いたのだと思うでしょうし、ぼくだって、そうでした）のだったが、衣類問屋の元番頭は「塊」と意識して書いたのだった。

彼女が風邪をひいたのか、それとも月経の最中でウツ的にヒステリックだったのか、二人で焼肉屋で骨付きカルビを食べた時、元番頭でマネージャー兼ダンサーの愛人は、若い頃、結核にかかり肋膜外人工気胸の手術（この言葉が思い出せず、医学事典を調べに自転車で区立の図書館に行って手術の概要を読んでメモしてきましたが、きみにもぼくにも、あまり興味のあることではないのではぶきます）を受けるために、左側の肋骨を一本というか一片切り取られ、がっしりした体格で男前の執刀医から、これを切ったのだと、ガーゼに包んだ細長い塊のようなアバラ骨が一本、所有者である彼に渡されたという話をし、ほとんどの医者は切りとった物を患者に戻さずに、他の患者たちの手術で切り取られた体の一部や体の内側の内臓と一緒に病院の焼却炉で燃やしてしまうのだけれど、アバラ骨はきれいに洗ってあるし腐敗しないからとっておけるし、記念になるからと言って渡され、自分の物だからこそ、骨は戻ってきたことはきたのだけれど（体を裂かれ、何か塊が切りとられた時の感じに、あの人への気持は似ている、とまわりの肉を食べたので骨だけの状態の骨付きカルビを見つめながら言うのでした）、それをどうしたものか見当もつかないのだ、と語る。アダムだったら、その骨からイヴが作られたわけですけどね、と、ガーゼに包んだ自分のアバラ骨を持っている男は語り、私は訳もなく感動する。（きみはぼくの手紙を読んで、その切りとられたアバラ骨について、なにか青紫色にあおざめて萎んだ惨めなペニスについての冗談を書いてきたものでした。しかし、そういうことではなく、ぼくをおかしなくらい感動させたのは、衣類問屋の元番頭が子供の頃ラジオで聴いて、貸本屋にあった落語の本?で読んだ——寄席は近くにあったのに貧しさ故に行けなかったのだそうです——古今亭志ん生の廓《くるわ》ばなしの説明でした。女郎の手練手管のあれこれを説明するなかで、「骨がなければ一《しと》つになりたいよ……」と、心にもない口先だけの口説き文句を言われて「どうも……俺……骨があっていけねえな……ウミネズミがうらやましい」などとヤニ下るところに、なぜか、ひどく心を奪われた、と彼は言ったのでした。骨のない二つの肉体が性交することで、性器や口を接して混りあい溶けあってしまう奇妙なイメージを、ぼくは思い浮かべながら、ウミネズミ、ウミネズミ、木鼠ならば、童謡の中で木の枝に座ってユリカゴを揺するリスの異名というか別名だけれど、としばらく混乱してしまい、しばらくたってから、それが海鼠《なまこ》のことだと思いあたりましたが、もう、ずっと昔のことで、あの時、まだ、ぼくはきみをよく知らなかったのだけれど）一度だけドサ回りの金粉ショーでコンビになった——ちょうど、行くさきざきの、京都、函館、名古屋でガードマンやタクシーの運転手がピストルで射殺される事件があった時で、キャバレーでも楽屋でもタクシーの中でも、いつもその未知の犯人について話題になったのだったが——若い舞踏家が、厚生年金会館だったか日本青年館だったか（とにかく、草月ホールではありませんでした）で舞踏の公演会を開き（ドサ回りのキャバレーで、全然客に受けなかったどころかヤジの飛ぶ、おかま風というかもう少し上品に言うとギリシアの壺の図柄風のダンスで共演したことのある）、彼に公演のお祝の花束を贈るという余裕（もちろん経済的な意味で）もなかったので、当日券を会場で買ってダンスを見たのだったが、大音響で「ワルキューレの騎行」が響き渡り、大きな角かくしというか、被《かず》きものというか綿帽子を被って顔の見えない白無垢の裾をひきずって、能役者のようにゆっくりした足どりで（ですから「ワルキューレの騎行」とは、まったく速度があっていないのです。いわば、反騎行的速度で出現した花嫁の亡霊といったところです）左の袖から舞台の中央に向って進み、途中で曲が、花嫁は夜汽車に乗って嫁いで行くの、という歌詞ではじまる、はしだのりひことクライマックスの、フォーク・ソングというのか童謡というのか、「花嫁」に変り、それから小柳ルミ子の歌謡曲、「瀬戸の花嫁」に変って、亡霊じみた花嫁に扮した舞踏家（ぼくと彼は山の中の温泉旅館のおかまバーの慰安旅行の宴会で金色のスプレーで塗装した大きなコケシ――遠刈田《とおがった》系の模様と顔なのだと死んだ祖母が言っていたコケシが家にあったのを思い出して、民芸品とか民芸運動を頭から馬鹿にしていたぼくが用意したのです――を下腹部にあてたりして派手に踊ったことのある仲でした）は、舞台の中央のスポットライトの中で、ゆっくりゆっくり白無垢の打掛け――綿が入った裾のふきの部分は踊りの〝白鷺〟の衣装のように赤い羽二重で、これは血と死を暗示するのです。すべての踊りは死の暗示なのですが――を肩から外してすべらせるようにして脱ぐと、カーキ色の帝国陸軍の軍服を着た肉体があらわれ、当然戦前のましてや軍隊のことなど知るわけもないので階級章がどうのこうのなんてことは、わからないのだが、舞踏家は腰に軍刀だか日本刀だかを差し、足は裸足で、音楽はまたワルキューレに戻り、大きな白い綿帽子というか被《かず》きはまだ顔を隠すように載ったままなので、その大きさと形からの連想のせいで思い出した（きみと初めて旅行をした京都の四条河原町で見た、まるで汚れたフェルトを固めて平にのばして部厚い楕円のヘルメットというか、仏像の螺髪と頭光が一体化したような、本来ならぼうぼうに伸びた髪が寝グセのせいなのかもしれませんが、何かの加減で、そういう形に固まってしまった乞食を、覚えてますか？　あの、髪の病的な塊を見て驚いたきみが、人通りの多い交差点で信号を待ちながら、偶然のようにして指でぼくのてのひらに触れた時、ぼくの手は電気を帯びてピリピリと震えました）そう、あの、土や埃と犬の糞や道端の雑草の種も混っていて、もしかすると、その種からタンポポやスミレの花が咲くかもしれない、とつい、男であるにもかかわらず、土と化したかのような髪のせいで地獄の神の妻になって、春だけ地上にあらわれるペルセポネの肉体を連想させた毛髪の塊を思い出し（ぼくは、家に帰ったら、きみに手紙を書かなければ、と思ったのですが、古本屋で『フローベール全集』の端本で買った「ブヴァールとペキュシェ」と「紋切型辞典」の入っている巻の中で、あの板状の毛髪が「ポーランド糾髪《きゅうはつ》病」と言われるものらしいと知ったのです。「紋切型辞典」のこの項目には「髪を切ると、髪から血が出るという。」とあるのですが、普通の仏和辞書的には「寄生虫や埃などのために頭髪がからまってフェルト状をなす病気」と書いてありますが、でも、あの時のぼくらは「髪を切ると、血が出る」という紋切型のおそろしげな説明を信じたかもしれない……）、そう思いながら――ずいぶん、長い時間がたった気がしますが、それはフラッシュ・バックのようだったかもしれません――舞台の上の舞踏家が、被《かず》きを頭から外すと、当然その下に現われるのがわかっていたカーキ色の軍帽が頭に載っていて（打掛けのまま軍帽が現われるのと、軍服の頭に綿帽子が載っているのと、どちらが異様だろうかと考えたのですが）、舞踏家は、むろん、切腹の真似をし、ぼくの隣りの席で見ていた、芸術家ふうの女性などは息を弾ませて連れの男に、彼はもしかしたら本当にやるかもしれない、などとささやくものだから、本当に白けてしまいそのまま席を立ったのだったが、こういう場面（と言うか状況）で、せまい座席に座った人たちの膝に触れないようにしながら腰をかがめ小声で失礼と言いながら通路に出るのはかなり不快だった、という話しを衣類問屋の元番頭で公金横領犯なのかもしれない男にすると、彼は『小間使の日記』と二本立てで『憂国』を見たといい、ほとんど覚えてはいないけれど、あなたの話しを聞いていて思い出したと言い（ぼくは、なんでそんなことを彼に話していたのかよくわからなくなっていて）、ホテルで休んでいる恋人（ぼくにとっては金粉ショーのパートナー）のために注文しておいた夜食用の焼き肉弁当がプラスチック容器に入って白いポリ袋に入れられてテーブルに運ばれてきたのを見て、近頃ではすっかり、これでしょう。茶色の紙袋ではなくポリ袋。あたしは会社を出てしまいましたが、問屋でも店先でちょこっとは小売りをしていたから包装にはスーパーで使うような茶色の紙袋か、大きい買物のお客には、取っ手付きのショッピング・バッグでお渡ししていたものだけれど、あたしが店を出た頃が、紙袋とポリ袋が入れかわるセツメだった、と言うので（ぼくは皿の上の噛り残した肉がついている牛のアバラ骨をながめながら、コップに残ったビールを飲み干し、全身に焼き肉の匂いが染みついているのを、早くシャワーと石けんで洗い流したいものだと思いながら）、セツメ、と口に出して言ってみるのだが、節目だと気がつくまでには、かなり長い時間が必要だった（ぼくにとっても、もちろん、セツメがありました）。

　こんな時代に、確かに金粉ショーじゃありませんよねえ、と元番頭は言ってから、そう言ってはなんですが（意外な、と言っては人を見そこなっていることになるのかもしれない聡明さで）自分はやはり衣類関係の仕事に戻りたいという気もすると言うのだったが、それでもこの商売をやっているのだから思いついたことがあると言う。

　今、毛皮が若い女性にも流行しているのだそうで、それは彼女が読んでいたファッション雑誌の記事で知ったのだったが、ふらりと入った古本屋でたまたま『マゾッホとサド』というタイトルで、九八〇円だったのが三〇〇円になっていた本を見つけて、ピンと頭にひらめいたことがあったと言うのだ。三〇〇円だから買いはしたものの内容はとても難しそうで、自分のような中卒の衣類店関係者が読むのはコンナダなのだけれど――この本は、中古で買ったアルト（というのは女の声の質のことではなく、スズキの車の商品名です）の中においてある――深く心に刻まれた言葉があって、それは沢山の文字で埋められた本の中から、たまたま目に飛びこんできた「妻が毛皮をまとって自分の前にたち脅迫的な視線で見つめてくれるという条件のもとで、健康な一本の歯を抜かせようとするマゾッホ」という一節で、自分にとっては言葉というより情景と言ったほうがいい、と溜息をつき、これからのあたしたちのショーに毛皮のコートと踵の細く高いハイヒールを取り入れようと言うのだった。

毛皮をまとう黄金のビーナスと歯を抜かれて、女神の奴隷以下の家畜となるうずうずしい契約を結ぶ男——金粉はビーナスの色なのだから、あんたはただ全身をありふれた前衛のブトーみたいに白塗りにすればいいし、犬とか牛を思わせる黒のマダラを描いてもいいわけですよ——という内容の金粉ショーのヴァリエーションを提唱して、作者というか演出家気取りというのではなく、それよりも（自分の性的な夢想を、彼女とぼくに演じさせようとしているのかもしれない、それにしても、コンナダという聞いたことのない言葉の意味を聞きそびれたのは、ぼくの見栄というものでしょうか。うずうずしいがうずうずする、ということではなく禍々《まがまが》しいであることも長い間気がつきませんでしたしね）、はるかに、ロマンチックな恋に体の中心の骨の塊を抜かれた（あるいは、切り取られた、奪われた）男だったのだ。

「黄金色の毛皮のビーナス」と歯を抜かれる家畜という「本」から生れたアイディアについての会話は、焼肉屋を出てからも続き——焼肉の漬け汁に含まれる主にニンニクの臭気で一杯の息をミントの香りでごまかすためにレジでサービスしてくれるロッテのグリーンガムを噛みながら——ビジネス・ホテルの前の喫茶店でコーヒーを飲んで（ぼくは、「ディアーナの水浴」というか、ギリシア神話の月と狩の女神アルテミスが、狩をして走りまわって汗ばんだ体を洗うために泉で水浴をしているところを覗き見たために森の中を狩られて逃げまわって走る鹿に姿を変えられた男のことを、彼に話しました。妾《わらわ》の裸を見たと、鹿の口で言えるものなら言ってみるがよい、と残酷な処女神は、鹿に変身しつづけながら言葉を発する唇と舌と咽喉を草を噛む動物に変えられ、頭には若い雄鹿の角が生えかけている男に宣言するのだ、とぼくは、やけに肉付きがよいので狩の女神というより、村のブドウ栽培農家の働き者の娘にしか見えないオーギュスト・ルノワールのディアーナの絵を思い出しながら説明し）、ビーナスかディアーナか――どちらも、魅力的なので――結論が出ないままホテルに戻り、十分ほどするとドアをノックする音がして、月経痛で気持が昂ぶって苛々している彼女が、キムチ入りのニンニク臭い焼肉弁当の臭いをかぐとムカムカして胃まで痛くなるし頭も痛くなる、とヒステリーをおこして泣くので、よかったら食べてくれないか、と白いポリ袋（なぜなのか、レジ袋ともいいます）に入った弁当を差し出すので、もう腹が一杯だからと断って、フロントで捨ててもらえばいいんじゃないですかね、と言ったのだった。

　ポツポツとではあっても続いていた地方の仕事が、めっきり減って東京にいる時間が圧倒的に長くなると、コンビというかトリオを組んでいた二人と会う機会も当然少なくなり（きみも知っているように、雀の涙とか猫の額といった小動物――の中でもことに目が小さく額の狭い小柄な——を使用する比喩を使うのがぴったりの、親が遺してくれた土地に建ったアパートからの細々とした収入を頼りに、楽しみと言えば時々、都心に出て映画を見る——ジャン・ルノワールは、ゴーモン＝パラス座のような大きな映画館で映画を見る大勢の人間の中で、上映されている映画を理解できる観客は三人もいないだろう、と言っていますが——と書いて、ぼくは煙草を咥えてビックのレモン色のライターで火を点け、大きな溜息のように煙を吐き出したのでした）、そうこうしているうちに、二人が巡業さきのホテルから中古車で夜逃げのようにして（そうした理由はよくわからないけれど）姿を消してから、どのくらいたった頃だったか、衣類問屋の元番頭から手紙が来て、何が書いてあったかと言えば、かいつまんで言うと、彼女が何も言わずにいなくなってしまった、もしかしたら、どこにいるか御存知ではないだろうか（それがぼくに向けて書かれたそう長くはない手紙の現実的部分でした）と言うことなのだったが、彼女はなぜ自分のもとを去り、今はどこにいるのだろうか、という恋愛にはよくある、というかつきまとっているありふれた物語《すじ》を訴える彼の言葉は、あまりの切実さのせいで（軍服姿で日本刀をふりまわす舞踏を見ていた隣りの席の女が、もしかしたら彼は切腹するのではないか、とささやくのを耳にして、気分の悪さとさげすみの混った不快感から席を立ってしまったのでしたが、彼の手紙を読んで刃物――文化包丁です。牛刀とか柳刃包丁ではなく――で金色のビーナスというか招き猫のような顔をした彼女に切りつける姿が、マザマザと、と言ってよいくらいのリアルさで眼に浮かぶのでした。悪夢的というより、ワン・シーンで撮られた映画を見ているような視覚的喚起力――描写してあるわけではないのに――は、一種悪夢のようでした。彼女を殺して、もちろん自分も、一本アバラ骨が抜けているので刃物の先きが骨にあたらずすんなりと心臓に突き刺さる左側の胸を刺すのですけれどね）、脇の下と額の生え際に汗をかいてしまう。しばらくの間、新聞の三面の小さな片すみに、女性舞踏家と元交際相手が無理心中という記事を（半ば無意識に）さがしつづけるのだが、それらしき事件もなく、時間はかすかに毛羽立って、時おり、ざらざらとまではいかず、触れた皮膚の薄い表皮をそそけ立たせて流れて行き（長い時間がすぎたのに、ついに告白することもないまま、結局はきみへの愛は、肉体的なものではなく観念的なものだったのか、と考えているうちに、ふと、きみという存在が曖昧になって、ついには、忘れてしまって、ただ習慣的な手紙の言葉が行きかうだけの、それも、書いた手紙を出すのを忘れたというより、きみと語りかけている相手が誰なのか忘れたような）、彼の書いた手紙の中で困灘と書かれた言葉を見て、それが困難の書き間違いなのだと気がついた時の途惑いを思い出し（ぼくの眼の前に広がる、荒れて波打つ灰色の遠い彼方の海）、むろん、吹き出して爆笑してしまうし、なにかをへだてたり、あるいは溺れさせたりもする海についてなら彼は、そもそも、よく知っていたのです。自分はついにうずうずしい危険な色恋沙汰のうずちゅうに飲みこまれてしまったのだと言い（禍々《まがまが》しいと彼は書いたつもりだったのでしょうが、渦中をかちゅうと読むより、うずちゅうの方がぼくは好きだし、うずうずしいの方が好きだ、ときみの手紙には書いてありました。愛することにつきまとう困難というより広い広い、困灘こそが——世間の差別的な態度などというありふれたことなどはどうでもよくて、質の違うきみとぼくをへだてている本質的な何かが、二人の間には広がっていたのですが）、彼は口をすぼめるようにして、ぬるくなっているマグサの臭いがするコーヒーをすすり、これはね、と、もうずっと以前から、感じが悪いので気になっていたシャツの襟に巻いた紺色の組み紐のループタイ——オランダのデルフト焼きで、薄い紫色がかった水色の地に濃いブルーで風車の絵が描いてある留め具——を指でさし、あなたが嫌っているのはこれを見る眼付きでわかっているけど、彼女のプレゼントなのだから我慢してほしいと照れたように笑うのだった（もう、投函しないのはわかりきっているのに、きみと呼びかける手紙を今も書いているぼくとしては、あらゆることを読み手もないまま、一人で夢想するだけですが）。

（現実的には、きみはぼく同様白髪（それとも髪を染めているでしょうか）になり、いつもきれいに剃っていたけれど堅いヒゲにも白いものがまじっているはずですが、それを見てはいないので、いつまでも若い時のままです。美しい晴やかな眼――薄い紫色がかった水色が微に混った澄んだ湖のような白眼に浮かぶ黒と茶色と薄い灰色の幾重もの輪で出来た丸い島嶼《とうしょ》――と波打って揺れる髪。〈特定の一人の青年だけを愛する恋は、とっくに終ってしまっていたこと〉を、そうした特権は老いとともに去ってしまったことを知ってもなお――きみの顔が思い出されます――そっとてのひらで触れると優しく開かれる膝のように――もちろん、『クレールの膝』のように、どんなやさしいてのひらにも愚鈍さのせいで開かれない膝はあるのですが――本や手紙は何度も注意深く開かれたのにもかかわらず、ぼくらの前には多分、灰緑色の静かな困、灘がひろがり、きみからプレゼントされた本のページは、空気に触れている天と地と小口の部分が茶色の波の形で変色して、雑誌にいたっては、ボロボロと崩れてしまいそうなのに、片側が四段の引き出しになっている机の一番下の引き出しに、きみからもらった十二通の返信――長方形の封筒の左上に白い二輪の菊の15円切手を貼った十一通と、菊の図柄よりさらに野暮ったい松の図柄の20円切手を貼った手紙が一通――と一緒に、ぼくの出されなかった何通もの手紙は――塊というより紙の束の魂として

——入っています。ぼくの書いた何通もの手紙には切手を貼ることがなかったので、ずっと後になって、と言うことはこうしてそう書きながら、「ゆく春やあまき切手の舌ざはり」という良い出来なのかどうか、誰の作なのかもわからない俳句をふと思い出し、たしかにあの小さな四角い切手の裏のノリはサッカリンのような苦甘い味がしたことを思い出しました。ああ、なんて、くだらないことなのでしょう）

小さな女の子のいっぱいになった膀胱について

なぜ読みはじめたのか理由を考えてみても、もちろんはっきりした答えはない。たまたまとか偶然と言えば言えもするのだが、その一方で、機運が熟する、とか高まるといった慣用句もあるわけで、その両方と考えておけばいいのかもしれない。

むろん、本を読むということは、一冊のある「本」を読みはじめ読みおえることではなく、こちらの興味や、ある本の一部からゆり動かされる記憶を元に、次々と別の本のページをめくったり、本のページをめくる前に、埃が薄く溜った本棚からその目的の本を探し出し、本の本体を保護している紙箱から、きつすぎてなかなか外せなかったり、反対にゆるすぎて隙間があったりする製本によって違いのある本を取り出したりする手続きを経て、自分の記憶が間違っていたことに気づくと同時に、いつも、まだ読んではいなかった無数のページの中から、何かを、新鮮というわけではないにしても、はじめて知る何かを読みはじめて、こちらの別の本についての記憶が目ざめ、奇妙に錯誤する「読む」という時間の肌理《きめ》の凹凸にはまり込んで出口を失いそうになってしまうことだ。

藤枝静男著作集一巻目に収録されている「志賀直哉・天皇・中野重治」（初出は昭和五十年七月号「文藝」）を長いこと読まなかったのに、なぜ今年（二〇一五年）の春読むことになったのか、まだ六ヶ月もたっていないのに、はっきりした理由が思いあたらない。読まなかった理由は（もちろん、私が藤枝静男の熱心な良き読者であるわけがない）、この作品のタイトルには、二つの作家名の間に、「天皇」という、これは人の名ではなく「制度」の名称がはさまれているのだが、そのどれに対しても、当時（著作集が出た頃）まったく、と言ってよい程興味がなかったからである。

　全六巻の著作集（波形のしぼのある和紙風の紙を張った貼函入りで、生成麻布装丸背で、全巻ほぼ四百五十ページ前後、二千五百円、装幀は辻村益朗、口絵写真と差し込みになった薄い透きとおった和紙に著者の「自刻の陶印を捺し」た署名があり「殊に最終の第六巻は、「藤」と「地厚」に焼朱、「静」と「天高」に赤朱を用い、「枝」と「男」はそれぞれ緑と青の岩絵具で書いた。だから一枚につき六回手を下だし、二千七百枚分で合計一万六千二百回用紙を繰った」という手作業がほどこされている書物である。二千五百円という定価が奥付けではなく函に記されているのは、この頃にはじまった習慣で、オイル・ショックのせいで紙やインク代が値上りし、書籍の定価が変わっても奥付けを印刷し直す必要がないようにという知恵なのだ、と編集者に説明されたことがあるのを思い出した）を買ったのがいつだったのかも思い出せないのだが、著作集の奥付けを見ると、三巻は昭和五十一年十一月十二日第一刷、四巻五十二年一月十六日第一刷の二冊のみ、五十二年四月十八日に二刷が発行されているのも、なんとなく不思議な気がするものの、ここではそうしたことについては触れるつもりはないが、著作集の床しく渋い好みの装幀と六巻目の後がきで藤枝が書いている自筆の「署名」と自刻の「印」を捺した過程について引用したのは、純文学の文芸作品の、ある種の「本」が持っていた手触り——本は紙だけではなく、表紙に張られた布地によっても作られていたし、著者の捺した「印」もあった——についても触れたかったからである。

　さて、函入り布装の著作集の外見（あくまで、「外見」だが）には、幾分かは一種、うっとうしくもある、いわゆるステロタイプの私小説性があるうえに、読者として署名をいただくことをお願いしたわけでもないし、著者から署名入りで恵贈されたわけでもないのに、最終巻の六巻は特別としても、一巻から五巻にも自筆の毛筆による署名と自刻の陶印が捺してあり、薄く透ける和紙越しに、「月報」の書き手の多くが「男性的」や「雄々しい」という言葉で語る、文体と作品と肉体の持ち主であったらしい著者の、思いの外に肉厚で肉感的な唇へ白髪の口髭がたくわえられているが、太目の黒い縁の眼鏡の印象のせいもあって、若々しくも見えはするけれども、著者六十八歳の精悍とさえ言えそうではあるものの、やはり老年の男性の写真を見ることになって、つい、十日程前六十八歳になった私は、説明のつかない狼狽とも違和感ともつかない気持になるのだったが、それはそれとして、私が書いておきたかったのは、「志賀直哉・天皇・中野重治」の半ばに登場する「白樺」創刊同人の園池公致《そのいけきんゆき》のことである。

　名前を見るのもはじめてで、「きんゆき」と読むのも『新潮日本文学小辞典』を調べて知ったくらいだが、十二行というささやかな紅野敏郎の文章を引用すると明治十九年生れで「公卿《くげ》出身の家柄。明治二九年より三四年まで、侍従職出仕として明治天皇に侍す。」というのだから、いわば宮廷のお小姓である。お小姓と言えば、私たちの世代にとっては、少女雑誌に連載されていた『あんみつ姫』や『てるてる姫』といった封建時代のお城のお姫様一家を皇室の民主化した家庭《ホーム》になぞらえたかのように少女たちに伝えたマンガに登場する、お姫様の「弟」的存在の男の子のことだったが、園池はもちろん「侍《じ》」したのである。「病弱のため、創作活動はとだえがちであったが、繊細な感覚の持ち主で、作風は清澄温雅、好ましい短編が多い。とくに、広津和《かず》郎《お》が激賞した『一人角力《ずもう》』（大八）は、おだやかに語った自己小説で、その代表作である。」

　藤枝はある雑誌に載った園池の随筆に敬服し、昭和四十二、三年頃から四十七年末（約一年後、園池は八十七歳で死ぬ）までの間、何度か家を訪ねて回顧談を聞く機会を持ち、「今はそのケもない」としか思えない園池が、「天皇、天皇家と実にほとんど密着したところに育ったのだということをこと新しく痛感した」のだったと書いている。

　私が興味を持ったというか、あるいは書いておかなければ、と思ったのは、広津和郎が激賞した「繊細な感覚の持ち主」であったという園池公致の、「特権意識」とはどういうことなのかを示すエピソードである。二年程前、笙野頼子の『幽界森娘異聞』（講談社文芸文庫）の解説を書いた時、それ以前に「志賀直哉・天皇・中野重治」を読んでいたら、むろん、このエピソードを引用したはずである。

　それについて触れる前に、著作集一巻目の〈随筆Ⅰ〉として集められた志賀直哉について書かれたおよそ百三十七頁（四十四字×二十行組み。そのうち最後の四十四頁を「志賀直哉・天皇・中野重治」が占めている）の、一種はればれとした調子について書いておこう。たとえば「志賀直哉と夢」という短いエッセイの中で、志賀の夢についての鮮列な描写に驚き「この描写力だけとったって古今に冠絶してい」てそれは「昔から今に一貫して減衰しない。」といった古風な漢語と「とったって」という子供っぽい話し言葉――自慢気というか誇し気な――によっても見てとれる信頼と親愛の情である。

昭和三年、名古屋の八高生だった平野謙と本多秋五と藤枝の三人（敗戦後の二十一年に彼等は「近代文学」の発刊を機に再び会うことになる）が、十一月の奈良公園でテントを張って一晩を過す、もちろん少々間の抜けた冒険（愉快なというどことなく古風な形容詞をふと思い浮かべてしまうような）を、志賀は興味深そうに見ていて、自分もいつか家族を連れてこういう原始生活（註・一）をやってみようと思っている、と藤枝同様の一種の子供っぽさを示して語るエピソードにはじまり、志賀が亡くなって三年後の昭和四十九年に発表された「志賀直哉紀行」では、晩年の『白い線』を書きあげた直後、渋谷の志賀邸を訪ねた時に目撃した小説家の激しい気迫に「気圧されて金縛りにあったように固く」なったことが著作集第一巻の二十五頁を占める「紀行」の末尾に書かれることになる。「紀行」の最後は「この時の志賀氏は、二十二年前の奈良上高畑の家で「万暦赤絵」を書いて出て来たときとまったく同じような気迫に満ちていたのであった。」と結ばれる。

そこから三行分を空けて、この著作集の随筆を収めたページの活字の組み方の飾らない簡素さで（あるいは、唐突さで）「志賀直哉・天皇・中野重治」が始まるのだが、単行本未収録のこの文章が発表当時どのように読まれたのか、私にはわからない。著作集に全巻解説を書いている小川国夫はまったく触れていないのだが、「月報」の書き手二十四人中、五巻目に平野謙（「四方八方からの論」）と久保田正文（「剛気というふうなもの」）の二氏が触れていて、二氏の文章のタイトルは、それぞれ藤枝静男の文章（とりわけ「志賀直哉・天皇・中野重治」）から受けた率直な感想を明確にタイトルにしたものと言うべきだろう。

ところで「志賀直哉・天皇・中野重治」は、二つの名前と一つの名称というか制度の間が、二つの「中黒」とも呼ばれる記号で区切られているのだが、この記号は、「、」や「。」と同様、一字分のスペースをしめつつ、奇妙な軽さを感じさせはしないだろうか。中黒は、ほぼ活字一字分に相当する小さなスペースの中央に位置しているせいで、よくよく眺めているとなにか一種の冗談のように小さな目玉のようにも見えてくるのだ。

「中丸」とも、「ナカグロ」とも呼ばれるこの記号は、文字列の中で、外国語の単語の並びや地名や人名の区切り、体言の並列、縦書きにした数字の小数点や、月数と日付けの間などにもちいられ、区切りであると同時に一つながりの関連性を持つ言葉であることを示しているのだが、むろん、意味や機能として、助詞の「と」や読点の「、」と決定的な違いがあるわけではないにもかかわらず、「月報」の書き手の小説家の一人が、藤枝静男の家を訪問した際の「一種独特の混然一体感」について触れながら、様々な物を仏像や本や画を次々と見せられ、その中に登場する「志賀直哉、天皇、中野重治」の原稿という、おそらく校正者が誤ちを見落してしまった表記と、中丸表記を比べてみれば、その見た目の違いが納得出来るだろう。

　日本語で書かれた文章を読む習慣上、読点を使うことで意識される区切りは、一つ一つの言葉の違いではなく、息つぎのようなものである。藤枝は、息つぎなどを入れて考えずに、敗戦後に志賀と中野の間で取りかわされた書簡と天皇問題をめぐって「四方八方からスポットライトをあてた」文章を書いたのだ。多方面からという「点が大切であって、ああ、われ及びがたしと私が感じたのも、まさにその一点にかかっている。」と〈生涯の友〉平野謙は書くのだが、もちろん、平野の言う「点」は印刷上の記号のことを言っているわけではない。ほとんどスリリングとさえ言える「志賀直哉らの独特な「特権階級意識」のプラスとマイナスをこれほどリアリスティックに明らめた論は、これまで絶無だったといってもいい」「志賀直哉論史の新しい重要文献たる所以である。」と感嘆している。

藤枝の「志賀直哉・天皇・中野重治」は、息つく間もない切迫した調子で、「初めて読んだ志賀中野両氏の往復書簡」を引用し、自身の読み方で検討と解釈を加えながら、文章のそこここに中丸的区切りとでも言うべき何かが浮びあがるのだ。白樺派の「特権階級意識の潜在と天皇への親愛感」について「肉体的には一人残らず、生えつけられた特権階級意識を内在」し「小説家には良心があり恒に内省的だから少くとも意識のうえでは圧殺しているが、他覚的には臭気によって反感を買うのである。」とある。

園池や武者小路実篤、正親町《おおぎまち》公和《きんかず》（私などには、すでに、ルビが振られていなければどう読むのかさえ不明の名だが。／註・二）といった公卿華族の「天皇親近感と下級者蔑視」は「癒着融合」していたが「志賀、里見（弴）、長与（善郎）」といった明治初頭の大ブルジョワ、「一人狼的金銭成功者」の家に育った者たちはそうした家庭共通の「下級者蔑視」はそのままに「対天皇感情」は「密着癒合型でなくて分離型」だったと藤枝は書いているが、私たちとしてはここでは、志賀直哉的存在の魅力について中村光夫の書いているエピソードを参照したほうがいいかもしれない。

昭和十九年、連合軍のノルマンディ上陸が新聞に報道された日、編集者として志賀直哉を訪ねた中村は、初対面の挨拶もそこそこに「敵軍が大作戦に成功した日に、日本の内閣総理大臣は街の芥箱を検査してまわっている、他にすることがないのかね、と憤激の面持ち」で語るのを聞き（その日の新聞には、東条のそうした国民の父親を演じる「美談」が載っていた）、六十一歳の志賀は「白い顎鬚《あごひげ》をたくわえて、鬱然たる大家の風」があり「ともかく東条をやめさせなければいけないと力説」し「その調子が雇人でも解雇するようなのを面白く思」うのだったが、食事時に見せるこまごました心遣いの暖かな自然さは中村光夫の同時代にはないもので、「神様に出会った小僧」のように「心身ともに充たして」くれるような「志賀文学の全面的讃美者でない僕も、それだけに美しい動物の牡のような氏の、対座しているだけで引込まれて行く不思議な魅力」について「ときどき考え」るのである（傍点は引用者。『文学回想　憂しと見し世』昭和四十九年／註・三）。

　無駄のない（というか思い入れの一切ない）簡潔さで中村が描いてみせる志賀の姿は、全面的讃美者と言ってもいい藤枝が著作集第一巻の三分の一程の枚数で語って見せた志賀の魅力と、むろん重なるのだが（鋭敏な観察力と、それを描写する際の抑えたユーモアと率直さ）、それはそれとして、明治天皇のお小姓で白樺派同人だった園池公致である。

園池の家を何度か訪問して話を聞くことになった藤枝は、明治四十三年九月号の「白樺」の「編集室にて」という雑記について質問する。園池と同じ電車に、妻君と四つ五つの女の子を連れた軍人が乗っていて、赤坂見附で女の子が急に小用を催し「軍人は「オイ小用だとサ」と妻君を顧て仕方ないと云ふ風に笑」うのだったが、赤坂見附で電車を降りても、その近辺に用を達すところもないので「人のいい公致は近くの自分の家へ案内し」軍人は玄関で待つ間、手持不沙汰で園池の住居を褒め「私は千駄木から毎日青山へ通ふので朝晩この前を通ります」と言い、園池が「千駄木と云ふと森鷗外さんの御近所ですか」と聞くと、「軍人はニヤニヤしながら「私が森です」と工合悪さうに云」うので、園池は驚いたが、「玄関の式台を一段下りると」（年長の者に対しても身分が下であれば、華族の公致は一段高い場所から話すのが自然だったのだろう。金井・記）「「ア、さうですか御高名は兼て承つて居りましたが偶然御目にかゝつて何だか嬉しい様な気がします」と云つて丁寧に御辞儀をしたと云ふ。この「御高名は兼て承つて居りました」云々が暫く同人間でモテ囃されたものだつた――。」というのがその「雑記」で、無署名ではあるが園池本人が書いたのではないかと考えていた藤枝が雑談中にふとこれを思い出して尋ねてみると、園池公致は、あれは自分が書いたのだと言い「続けて「書生の便所を貸しました」と実に簡単に云」い「電車に乗ったときから鷗外さんだとわかっていたんですが、あとの方はわざと冗談で書いたんです」と答える。

藤枝はこの「雑記」について本多秋五が、「とにかく、夫人子供連れの鷗外を、いささか草臥れた中尉級の『軍人』並みに抑へて書いてゐる、その書き方が面白い。」と書いていて、その当時の鷗外は第一師団軍医部長か陸軍省医務局長かで、少将相等官とか、中将相等官だったはずだと書いているのを引用しているが、鷗外は「(明治)四〇年十一月、陸軍軍医総監に任ぜられ、陸軍省医務局長に補せられて軍医としての最高の地位に登った。」(『新潮日本文学小辞典』)のである。鷗外、四十五歳である。園池の記しているエピソードは、明治三十八、九年のことだから、もう一段階、階級は低かったかもしれない。白樺派の特権意識というものは「鷗外と知ってさえ、軍服を着ていれば彼等には目下とうつるのである。書生の使用する便所を貸したのは不思議ではない。」と藤枝は書いている。ちなみに鷗外の後の陸軍軍医総監は多数の戦争画を描いた藤田嗣治の父、藤田嗣章《つぐあきら》である。

さて、長々と引用を重ねながら書いてきたのだが、藤枝の文章のこの部分に登場する人々は(藤枝を含めて)四つか五つの、小さな膀胱に尿を溜めて苦しんでいる女の子が「誰」だったのかに、まるで興味を持たず、一切触れていない、ということを、私は『幽界森娘異聞』の笙野頼子に伝えたかったのである。

明治四十三年に園池は「四五年前」と書いているから、明治三十六年生れの森茉莉は、四つか五つではなく二つか三つほどだったはずである。幼い茉莉はむろん母親と一緒に華族の屋敷で「書生の便所」を貸してもらって用を足したことを覚えてはいないだろう。もちろん、「志賀直哉・天皇・中野重治」という特異なエッセイの中で「この園池さんの興趣ふかい一挿話は鮮かに活きていて、藤枝の論の奥ゆきを示す結果となって」「このエッセエのかけがえのないリアリティ」（平野謙）になっているのは確かなのだが、令嬢用などはとんでもないのだろうが、女中用でさえなく、書生の便所（大便用の個室であろう）を使わせられた、母親と女の子については、誰も語らないのだし、もちろん、それが茉莉であったことにさえ、園池も平野も本多も藤枝も気がつかないらしいのだ。むろん、あくまで本筋とは関係のないエピソードにすぎないのだが——。

とは言え、私としては森茉莉というか「森娘」の小さな膀胱のためにも、藤枝が「志賀直哉・天皇・中野重治」を発表した同じ昭和五十年の十一月の、東京新聞文芸時評の書き出しの部分を、大部の『昭和天皇実録』（宮内庁編修）の刊行が始った今年、引用しておきたい。

「これは文芸時評ではないが無関係ではない——天皇の生まれてはじめての記者会見というテレビ番組を見て実に形容しようもない天皇個人への怒りを感じた。哀れ、ミジメという平生の感情より先に来た。いかに「作られたから」と言って、あれで人間であるとは言えぬ。天皇制の「被害者」とだけ言ってすまされてはたまらないと思った。動物園のボロボロになった駝鳥を見て「もはやこれは駝鳥ではない」と絶叫した高村光太郎が生きていて見たら何と思ったろうと想像して傷ましく感じた。三十代の人は何とも思わなかったかも知れぬ。私は正月がくると六十八歳になる。誰か、あの状態を悲劇にも喜劇にもせず糞リアリズムで表現してくれる人はないか。冥途の土産に読んで行きたい。」（『藤枝静男著作集 第四巻』／註・四）

註・一

〈家族を連れての原始生活〉という発想は、十九世紀初頭にスイスの軍隊付牧師で四人の息子の父親だったヨハン・ダーフィト・ヴィースが『ロビンソン・クルーソー』の影響下で語ったものを後に息子が手を入れて出版し、たちまち各国語に訳され、模倣作も書かれたほどの世界的なベスト・セラー『家族ロビンソン』（『スイスのロビンソン』とも）を志賀は念頭に置いていたのだろう。家父長的かつ、あからさまに植民地主義的な冒険少年小説というより、冒険家庭小説と言うべきもので、主題はもちろん勤勉と家族の絆と神である。映画化もされているし、一九六〇年代には『宇宙家族ロビンソン』などというテレビドラマまであったのを覚えている。

註・二

たまたま必要があって読んでいた『谷崎潤一郎全集 第三巻』の「月報 3」（昭和42年1月）の里見弴の文章（「八重歯」）に、この五つの文字からなる人名が記されていたのを思い出したが、その時はどう読むのか調べてみる気にもなれなかったのだったが、明治四十三年（一九一〇年）、若い芸術家・文学者の集るある会合で「今風に言へば、スターの登場といつた感じ」で現われた谷崎との初対面の印象が語られている。

明治四十三年は四月に「白樺」、五月に「三田文学」、九月に第二次の「新思潮」が創刊された年だそうで、「武者、志賀、柳、児島、いづれも社交嫌ひの羞渋屋《はにかみや》ぞろひ」で、社交的な集りなどに出たがらないのだが「一人も出ないつてのも、なんか拗《すね》てるやうでをかしいぢやアないか」と言い出したのが「苦労人じみた正親町公和」なのだが、「白樺」の代表が一人では心細いと言うので「なかでは面《つら》の皮の厚いはうの私が伴立《つれだ》つて」行くことになったと書いている。明治四十三年、「こゝで、当時のわれ／＼の年齢《とし》を明かにして置けば、かぞへで、正親町が三十一か二、私が二十四で、後段に現れる谷崎君は二つ違ひの二十六歳。」と書いているが、鷗外の娘に自邸の書生用便所を使わせてやり、玄関の式台から鷗外に話しかけたという園池は当時、二十かそこいらだったはずである。相手は、軍医として、少将か中将相等官、四十三か四十四歳である。

註・三

中村光夫は『憂しと見し世』のこの志賀直哉のエピソードで、志賀の、藤枝の言葉を使えば「対天皇感情」あるいは、「天皇親近感と下級者蔑視」のいかにも身についている態度を、「美しい動物の牡のような」と描写するのだが、ここでは直接的に触れられていない天皇について、中村は「天皇の名の下に」「失われた天皇の地図」（共に昭和三十一年「文藝春秋」に発表、後に『百年を単位にして』に収録）で独特な天皇批判を書いているが、ここに引用しておきたいのは、藤枝の、中村光夫の小説集『虚実』（昭和四十五年）の書評である。

　私としては、ふと、「パリ・明治五年」に主人公・語り手として登場する成島柳北を、山田風太郎の明治物に登場する柳北と比べてみたい気がして来るのだが、それはおくとして、藤枝の中村光夫の小説に対する批評部分ではなく、数年前に浜松市のために藤枝が依頼した中村光夫の講演会の後のエピソードである。土地の文学青年が、講演後、控室に入って来て、宿に向う自動車にまで乗り込み、宿での食事の席にまで加わり、酌などをしながら幼稚な文学論を「止めどもなく喋舌りはじめ」、中村光夫はしかたなく我慢していたのだが、藤枝がついに（というか、読者としてはやっとと思うのだが）「その見識らぬ男の下らなさに腹を立て」、「もう帰ってくれ」と言うと、「僕は中村さんと話しているのだ」と答える。「すると氏が「あっ」というような表情をし、次の瞬間に「目障りだッ、帰れ」と怒鳴りつけた。それから青年が土産の菓子箱を差し出すと、恐しい顔をして立ちあがって、いきなりその箱を蹴飛ばした。それまで氏はその男を私の親しい文学青年と勘違いして私を立ててくれていたのである。——この心の優しさと、それに続く爆発動作の印象は強烈であった。」（『藤枝静男著作集 第四巻』）

説明は不要だと思うが、五十代半ばの批評家の「立ちあがって、いきなりその箱を蹴飛ばした」という若々しい野蛮な動作と行為（もちろん、あまり知られていないだろう）を書き記しておきたかったのだ。菓子箱がまるでフットボールのように放物線を描いて、日本座敷の空間を飛ぶ映像を空想したくなるではないか。五十歳をすぎた知性と小説理論の批評家が小説を書くという行為にそれは似ているのではないだろうか。

註・四

藤枝が「文芸時評」の冒頭に、憤りと共に記している「天皇の生まれてはじめての記者会見」で、昭和天皇は広島・長崎の原爆投下についての質問に対して「気の毒だが、やむをえなかった」という意味の発言をし、「天皇の戦争責任」について質問されると自分はそういう「言葉のアヤ」については文学方面をあまり研究していないのでよくわからないと答えた。そうであるならば、折々に詠み、かつその歌が政治的文脈で引用されたりもする天皇の伝統的言語活動であり、性質上「言葉のアヤ」以外のもので出来ているとはとても言えない「歌」は、どういうことになるのか、と呆れる。昭和天皇のみならず、現在の天皇について、元前衛歌人の岡井隆は極右雑誌「歴史通」に（歴史どおり、と読むのか）の「皇室の危機」という総力特集（'12年5月号）に「人ならず　神ならず　歌人がおそば近くみた天皇」というエッセイを書いている。新聞広告の内容紹介をかねたコピーは「御用掛として和歌のご指導にあたる歌人が接した天皇の〝とても人とは思えない神威〟」である。

あとがきにかえて　および　付録

あとがきにかえて

1　本を燃やす、

本が燃やされるという情景は、もちろん映像の中でしか見たことがない。

売れ残って倉庫を一杯にしてしまう厄介ものの本や雑誌は機械で断裁して処分されるということも、話しとしては知っているが、こちらの方は劇映画であれ、記録映画、あるいはテレビのドキュメンタリーでも見たことがない。処分された本や雑誌は再生紙になって、また別の本になったりするという生産システムに組み込まれているわけだが、フランソワ・トリュフォーの『華氏４５１』（’66）に登場する消防隊による火炎放射器の焚書は、暴力的な殺人行為として表現される。

一九五三年に出版されたブラッドベリのＳＦ小説は、ジョージ・オーウェルの『一九八四年』（’49）の「引用」のような未来の監視社会の中で、ナチの言論弾圧の派手なデモンストレーションとして行われた焚書が、今の時代で考える過去の記憶などではなく、なまなましいつい昨日の残忍な悪夢のような現実の出来事として未来の社会に反映されていたわけである。

　本棚の埃を拭いたり本を探したりしながら、なんとなく手にとってパラパラとページを繰り、何ページかをいつも読みかえしてしまう本の一冊が、トリュフォーの『華氏４５１』の撮影日記『ある映画の物語』（山田宏一訳）だ。『華氏４５１』のスチールだけではなく、本文との関わりで的確に選ばれた様々な映画の魅力的なスチール写真が載っているこの二三八ページの小さな本は、いわば映画と本への深い愛情によって作られていると言っていいだろう。

　撮影日記に書かれた様々なエピソード（トリュフォーが読んだ本や、一緒に仕事をした映画音楽作曲家のバーナード・ハーマンから聞いた、笑わずにはいられないハリウッドゴシップが引用される）と、映画撮影の現場の次々と起こる、その場ですぐに判断し解決しなければならない問題を読んでいると、こちらまで疲れてしまいそうにもなるとは言え、とても楽しい美しい本だ。

「訳者あとがき」には、トリュフォーが山田宏一に語った『華氏４５１』を映画化したいと思った動機が紹介されている。本を読むことが禁じられ、皮肉なことに消火が仕事の消防夫が書物を焼く焚書官になっている近未来社会の中で生きる〈書物人間《ブック・ピープル》〉という存在を思いついたことがこの物語の素晴しさだと言うのだ。本という言葉が印刷された紙で出来た物体の存在が禁止されているなら、人間が本を暗記して、他の人々に伝えればいいという方法＝戦術は「人間が生きぬくための知恵としては最もすばらしいものの一つ」だと思うとトリュフォーは語っている。

　それはそうなのだけれど、と私は『ある映画の物語』が上梓されて読んだ時（’86）から思ったものである。本を読むという秘やかで個人的な快楽――本の世界が、どんな広がりを読む者にもたらそうと、あくまで個人的な――に、他人の肉体は介在させたくない。『若草物語』のジョーや『レベッカ』のヒロインのように、自分をやとっている老婦人のために面白くもない不快な本を朗読するという職業が、かつてはあったとは言え、〈書物人間《ブック・ピープル》〉の本では、好きな時に好きなカ所を何度でも読みかえしたり、ベッドで読むということが出来ないではないか。「本」の持つ美質のコンパクトさが欠けすぎているのだ。

　トリュフォーはロンドン郊外のパインウッド撮影所のスタジオでの不慣れな撮影を行いながら、その合間に、快楽のためにナショナル・フィルム・シアターで特集上映されているジャン・ルノワール（この呪われた作家は、トリュフォーが最も敬愛する映画作家の一人だろう）の映画を見に行き、その感想を記しているのだが、この本の中では、ルノワールの最も有名なと言うか、それ故に呪われた名作でもある『大いなる幻影』（'37）について触れられていない。

『大いなる幻影』は、禁書としての焚書ではなく、第一次大戦のドイツの捕虜収容所で、ロシア兵たちがロシア皇妃の馬鹿気た善意に腹をたてて、捕虜の兵士たちへのクリスマス・プレゼントとして赤十字を通して送られてきた幾つもの木箱に収められた本の山を燃やすのである。他の国は兵士たちの家族からクリスマスを祝う食糧や手紙や衣類がとどけられているのに――。

『大いなる幻影』が撮られた当時、ナチスは焚書キャンペーンを大々的に行っていたわけだが、ルノワールは、権力の言論弾圧として語られる焚書を、いわば、蛆のわいたとても食べるものではない塩漬け肉を海に破棄して反乱を起こしたエイゼンシュテインの『戦艦ポチョムキン』の水兵たちと見事に結びつけてしまったと言えるのではないだろうか。

焚書＝言論弾圧＝悪という図式的な思考回路が、ルノワールの映画の怒りから黙々と本を燃やすロシア兵たちの映像によって陳腐化されるのだが――と、実を言うと、たった今、思いあたったのだ――トリュフォーを含めて、あの本を燃やすシーンを人々はどう批評したのだろうか。トリュフォーは『華氏４５１』の中で、自分の愛着している美しいお気に入りの本を燃やしたのだったが、それはことに情熱的な「愛」は燃えるようなものであるからだし、ロラン・バルトがシャトーブリアンの『ランセの生涯』から傑作という瞑想的な観念ではなく「燃えるような書物の感覚」を与えられると言うのも同じことだろう。

国家の強権的な焚書のおふれだが、わざわざ燃やすという派手な手間などかけなくても、「本離れ」は着々と進んでいる。

ところで、必要な本を見つけようとしていて、本棚の最上段から落ちてきた本の角が鼻と頬にあたって軽いすり傷をこしらえてしまった出来事が二度続いておきた。「本」で読んだ文章を確かめるために「本」を探そうとしていてのことだ……。

あとがきにかえて

2　パナマ・ドンパチ・ゲイシャ

『カストロの尻』というタイトルで一冊にまとめられた「この本」は、二つのエッセイの間に挟みこまれた小説（そのうちの六篇は、岡上淑子のアメリカの写真雑誌——一九四〇年代後半から五〇年代にかけての——を使用したフォト・コラージュ作品から揺曳《ようえい》された映像《イメージ》が、私の記憶の中の映像や言葉の断片と結びついて書かれたものです。外国の、と言うよりアメリカの雑誌《かみ》や映画《スクリーン》の中の映像は、モノクロであれカラーであれ、まだ言葉を読めない私にとっては、きらびやかなドレスと悲惨な戦争だったかもしれません。戦火と瓦礫とモード……）によって構成されています。

「あとがき」を書いている現在、『カストロの尻』はまだ「本」の形をとってはいないし、二校のゲラの束に最終的なチェックを入れるというか、最初に原稿の形で書いて以来、何度目かの読みなおしと書き込みを経た後の、チェックを入れる作業が残されているので、まだ何も終っていないという途上感が、陳腐な言い方になりますが様々なことを思い出させ、『カストロの尻』と呼ぶことに決めた小説を書いていた最《さ》中《なか》、ノートや紙の切れっぱしや、雑誌に印刷された小説の余白といった場所に書きとめた備忘的な文章がまだ未整理になっていることが気になります。書きとめておいたのに、「本」におさまりきれずに、たとえば、自分が書いたのではない別の「本」のページとページの間に挟みこまれて、忘れられてしまうのではないか——。

もちろん、私は、自分の書いたメモとそれを挟んだ「本」との間の強い関連性を意識しているのですが、挟んだメモや付箋が偶然のように回収されて、この本の冒頭に収められているエッセイは書かれたのでしたが、そうしたささやかな幸福に巡りあってしまうこととの思いもかけぬ喜びのために、私は本を読み、さらには本を書くのではないかと思います。半ば以上は読者として——。

「読みはじめたらやめられない物語」やたくさんの物語、「小説を書いた者でなくては本当にはわからない小説」なども、様々な作者によって書かれる必要はあるのでしょうが、私には関係ありません。

雑誌に発表されたエッセイと小説の切り抜きに、新しく書き加えたり、細かなところを直した『カストロの尻』の原稿を入稿して一息ついた時、知人からコーヒーの詰め合せをいただいたのでしたが、その中の一つが「パナマ・ドンパチ・ゲイシャ」という名のコーヒー豆でした。これは、いかにも夢想を誘う名称で、もう三十年程前になるかもしれない、アレックス・コックスのたしか、パナマのあたりが舞台の妙な西部劇風の映画を思い出したり、ドンパチという言葉から当然誰もが連想するだろう、やや安手の銃撃戦（と言うより騒ぎ）に巻き込まれるのか、あるいはドンパチ騒ぎのもとになるエキゾチックで観念的な美しさの美女（もちろんその無国籍的魅力が、国辱的な）であるゲイシャと男たち（当然、荒くれ男と、インテリ男の二種）の登場する、たとえば、タイトルからだけの連想にしてもフリッツ・ラングの『ハラキリ』（'19）やマックス・オフュルスの『ヨシワラ』（'36）、ジョセフ・フォン・スタンバーグの『アナタハン』（'53）のような、名匠による不幸な映画か、そういった映画を意識した戦後生れの監督の作品ということも考えられるわけです。「小説」の中では――。私は『カストロの尻』の中に、もう一篇「パナマ・ドンパチ・ゲイシャ」というタイトルの小説を書くべきだったのではないかといかにも悔やまれます。何かいかにもさまざまな勘違いを生みそうな響きです。

コーヒーのラベルには、パナマのボケテ地区のドンパチ（Don Pachi）農園の水洗式ゲイシャ種です、と書いてあり、一緒にいただいた「スマトラ・マンデリン」の〈「タノバタック」とは「民族の大地」を意味します。甘いボディ、ベリー系やハーブの風味、スパイシーな味わいが楽しめます。〉と言う説明を読んだからと言って、私には何のことかよくわかりません。

コーヒーの豆も売り、喫茶店も営業している店は日本堤（『カストロの尻』の衣類問屋の番頭は、こっちの方面で生れて育ち、住んでいました）にあるのですが、十何年か前、お酉様の市の日（とても寒い十一月でした）に竜泉の一葉記念館の方から歩いて行ったことがあり、店の外に四、五人の行列が出来ていて（私たちは四名の連れだったので）入るのは中止したのでしたが、店の中には、ゆっくりと本を読みながら香り高いコーヒーを味わっている客がいて、私は、いかにも本好きといった彼女が読んでいた本のタイトルを想像してみたのでした。浅草の方向の車を捉まえようとして、吉野通りの交差点近くで待っていると、交差点の角の街路樹に警察署のトタンの看板が針金でくくり付けてあって「車両の運転者は睡眠中の歩行者に注意してください」と書かれていました。

睡眠中の歩行者という、私たちはこの初めて見る言葉を頭の中で反芻してかなり困惑してから、竜泉から歩いて来た途中の路上に蒲団を敷いて寝ている人たちがいたことと結びつけて考えたのでした。

道路交通法違反では取り締れない道路上の歩行者の睡眠行為を、あたかも道路交通法上の問題でもあるかのように表現しているとこの看板の文言は見えますが、睡眠中の歩行者（どこか別の場所に立ち去るべき存在であることが歩行者という言葉には含まれているわけですが、眠りながら歩くという意味の言葉から私が思い出すのは、子供の頃に読んで、夢遊病というものを知った『アルプスの少女』のハイジのエピソードです。誘拐同様に山から連れ去られてフランクフルトのお屋敷で、病気のお嬢様のお相手の小さな小間使いとして働くことになり、ハイジは山恋しさに夢遊病になって、廊下をさまよい歩くのです）と、聞きなれないと言うか欺瞞的に呼ばれる人たちのことを、それを実践する側から野宿者と言う場合もあります。通行中の車両が注意しなければならない車道にいるわけではなく（歩道でさえもなく）、雨を避けることのできる商店街のアーケードでダンボールの上に夜具を敷いて寝ていたのでした。

今回も、様々な方たちの協力を得て、新しい本を上梓することが出来ました。

こうして、「本」の形になった『カストロの尻』が手もとにとどくのを待ちながらなにか思うことがあるとしたら、いつでも「執筆中の著者兼読書中の読者」として生きたいということです。それが「小説家の「幸福」」というものでしょう。

著者

二〇一七年四月

付録

50年、30年、70歳、30万円

悪夢、と言っても、相当みみっちいものではあるのだけれど、やはりこれは悪夢、ではないだろうか。

『カストロの尻』が対象作品となっている「第六十八回芸術選奨」の文部科学大臣賞を受けるかどうかという文化庁からの問いあわせは、新潮出版部の担当編集者のＳさんを介してだった。送られてきた資料を読むと、この賞は「70歳未満」の者が対象で、賞金は三十万円、「国庫金振込依頼書」というものを提出して「支給」されるのである。依頼書の書き入れ方を示す見本には「文化庁から私に支給される国庫金（委員手当、諸謝金、旅費）については、下記金融機関に振込願います」という文言の下に、口座名義が国立大学法人〇〇大学で、ゆうちょ銀行を筆頭にその他の金融機関用の書き込み欄がある。

私は去年（二〇一七年）の十一月に七十歳になったので、国民健康保険高齢受給者証というのをもらっているのだが、「芸術各分野において、優れた業績をあげた者またはその業績によってそれぞれの部門に新生面を開いた者を選奨」する制度に、まさか年齢制限（「受賞者の年齢は、授賞時原則として文部科学大臣賞は70歳未満、新人賞は50歳未満とする。」）があるとは知らなかったし、平成二十八年度の「第六十七回芸術選奨」という受賞者を紹介する小冊子をSさんに見せてもらうまで、当然選奨の「実施細則」など知るはずもなく、「一、選考実績」の「⑶」の項目として「受賞者の年齢は、授賞時原則として文部科学大臣賞は70歳未満、新人賞は50歳未満とする。」と書いてあるのを読んで、それでは私はこの条件にかなっていないではないかと思ったのだが、まあこれは「原則」だし、選考審査員の誰かが、『カストロの尻』の著者はこれをほぼ四年もかけて書いた時は当然70歳未満であったことを言いたててくれたのだろうと考えたのであった。彼等としては、私に駆込み授賞というかラスト・チャンスを与えるために、かなり焦ったのではないかと推察されるのである。国というか文化庁から選ばれた推薦委員は十名、選考委員は七名だが、推薦委員十名はすべて私より年下で、ある意味感慨深いけれど、文学部門は文科大臣賞と新人賞、それに「実施細則」によれば、物によっては「評論等部門」も受け持つことになるそうだから、三分野にわたる推薦（これは比較的面倒が少い）はともかく、選考においては、あわせてほぼ26作を、とりあえず読むことが原則だろうから、全部ちゃんと読んだら、かなり大変と言うか楽しい読書をするわけではあるものの、〈賞金〉というか気分的には〈報賞金〉より金額が高いということは考えにくいので、十万か、十五万円程度の「委員手当」をもらうために振込依頼書を書くのだろうな、と鬱々と想像したのは、賞金はいくらなの？　という私の質問に、「それが……」と口ごもる出版部のSさんから三十万円という金額を聞いたせいである。

「芸術選奨実施要項」によれば、この「賞」の「趣旨」は「おくることによって芸術活動の奨励と振興に資する」ことにあるのだが、ひとり親家庭に支給されていた生活保護費から相当な額が削られたという新聞の記事を読んだ後だったので、私の場合は全然別だけれど、大衆芸能部門の石川さゆりの活動を奨励すべく三十万やるというのは、明白な税金の無駄金というものではないだろうかと考え込み、それで最初に書いたように「悪夢」を見ることになったのだった

まず、年齢制限の「70歳未満」という規定は、原則的にではなく原則として守るべきもので、貴殿は七十歳なのでその資格がないから、本年度内三月三十一日に振り込

んだ国庫金三十万円を返却せよ、という通知がとどき、『カストロの尻』が、たとえ少部数でも増刷されることにでもなっているのなら三十万円を何回かに分割して返すけど、新潮社は千五百部からでないと増刷しないきまりだから無理ですね、もう少し待ってもらわないと分割払いだって無理、と説明したのに、四月の末、姉妹で細々と申告している税金の還付金から三十万円が文化庁によってしっかり差し押えられていたのである。なんとも不快な気分で目が覚めたのだった。

文化庁の「連絡事項」には報道発表が「解禁」されるまで選奨内定の件は「くれぐれもご内密にお願いします。公表前に情報が漏れた場合は、内定取消しもあり得ます。（傍線は原文のまま）御留意くださいますようお願いします」と、ものものしく威されていたくらいだし、何年か前、わずかばかり滞納していた区民税が還付金の入金のあった口座から間髪を入れず差し押えられたことがあったし、こういう具合に文化庁は内定者を威すわけだよ、ケチな三十万円をタテにと友人と電話で笑っていたし、悪夢どころか、正夢になりかねないという気分である。

さて、この小文のいくつかの数字の並んだタイトルの、70歳と30万円の意味はおわかりいただけたと思うが、50年、30年という二つの数字の説明が後手にまわった。

去年の五月に上梓した『カストロの尻』の帯には「作家デビュー50年の集大成とな

る著者最高傑作！」と書かれているのだが、今年（二〇一八年）二月刊行の『スタア誕生』の帯には「作家生活50周年記念刊行」と書かれていて、一年の曖昧《あいまい》なズレがあるかのように見えるのだが、「デビュー」は、'67年の六月に「愛の生活」が第三回太宰治賞候補作になって、筑摩書房の「展望」8月号に掲載された時と計算しているのであり、「作家生活50周年」は、翌'68年の八月に、「エオンタ」（「展望」'68年7月号）「自然の子供」（「新潮」'68年8月号）の三作を収録する短篇集『愛の生活』として上梓された時から数えてということなのである。

半分以上は冗談のつもりでもあった「50周年」というかなり長い年月を表わす数字を小説の帯に使ったのが、「物欲し気」に見えたのだろう、と思ったのは、授賞理由を説明する「1960年代末に詩と小説の二つの分野に、ほぼ同時に鮮やかにデビュー」し、「その後の半世紀にわたって（略）一貫した姿勢を保ちつづけ」た作者の『カストロの尻』は「自身のこれまでの、優美にして挑発的な文学営為全体の一つの頂となりえている」という文章を読んだ時で、もちろん、有難い評言だとは思うものの、賞というものは人の作品を称揚するためのものであって、書評や文芸時評じゃないのだから「頂となっている」でいいのである。「なりえている」という、五十年間おなじみの、無意識的な批評おやじ用語を、またここで見るというのも、歴史的な感万円の賞金の）書いていただくために、「挑発的な文学営為」とやらを五十年も続けてきたのか、という馬鹿ばかしいような虚しいような深い驚きである。

　このエッセイのタイトルのもう一つの数字「30年」は、私は三十年前に『タマや』という小説で、'88年に第二十七回女流文学賞という中途半端な賞をいただいて以後、半世紀にわたる文学営為の中で、一度も文学賞というものに縁がなかったという意味の「30年」である。

『プラトン的恋愛』で'79年に第七回泉鏡花文学賞をもらっているのと、'67年に第八回現代詩手帖賞も加えれば、私は「半世紀にわたる挑発的な文学営為」の中で「賞」を三回受賞しているのだが、それは「半世紀」という決して短かくはない作家生活の最初の二十年間にあったことで、四十歳を過ぎ、自分で言うのも滑稽とは思うけれど、通例的には、技量も経験も知識も充分に具わり、力量の充実した三十年間、一つも私の小説が文学賞の対象とならなかったということが、考えてみれば不思議だという、ごく素直な疑問である。もちろんこう考えているのは、この、紋切型に言えば、「アブラののりきった時期」である三十年間、存分に書くことの快楽も味わったし、これからも、短かい時間とは言え、書く（及び読む）という行為だけが持つ何ものにもかえがたい喜びは続くだろうし、それを読むことで共有してくれる少くはない読者も存在するかもしれないのだけれど、なにしろ、あの悪夢の正体は、恩着せがましく「支給」される三十万円という雀というよりはハチドリの涙というべきかもしれないし、どんな時代小説で読んだのか覚えてはいないけれど、口汚なさが子供心に印象に残っている「目腐れ金」という言葉を思い出してしまうような金額だろう。

私が「物欲し気」に「50年」という歴史を帯で強調したのは出版社の文学賞（ことに賞金が三百万円の野間文芸賞）を欲しいと思ったからなのだ。賞をもらう権利というものはないわけだが、私の小説が選考委員の好みというか好き嫌いはともかくとして、客観的に考えてその資格に欠けているとは、到底思えない、と自惚れる権利は、なぜだかありそうではないか、と自分の書いてきた小説を読みかえして確信するのである。文学賞というものが、年寄りの文学者に与えられる功労賞ではなく、これからの「可能性」や「大きな飛躍」といった、専ら「未来」の時間を持つ作家に与えられるべきだ、という考え方で選考されるのだとしたら、私としても、そうした春秋に富んでいた過去の「30年」の間に、もらいたかったものである、と考えて不機嫌というかウツ的だったことも、この「悪夢」の現実性に関係があるし、授賞式には出なかったのだが、三月二十二日現在、賞金の払い込みは、文化庁からの連絡によると年度内ではなく、四月中にずれ込むのだそうである。

付記

神奈川近代文学館の機関誌（『神奈川近代文学館』第一四五号、二〇一九年七月十五日）に、「所蔵資料紹介」として連載された「鉢木会《はちのきかい》」のメンバーによる寄せ書き書簡（一九五四年十一月のパリ滞在中の中村光夫宛）に、三島由紀夫「潮騒」が第一回新潮社文学賞に決り（三島の初の文学賞受賞である）、その祝いの宴が大磯の福田恆存邸で開かれた際に、メンバーによって作られた連歌の書簡がある。なぜこの文章に関係のない「鉢木会」のことを引用するかと言うと、その賞金が「三十万円」だからである。当時の文学的名士として多忙をきわめる会員中、三島、神西清、吉田健一、福田の四人がこの時参加している。賞は選考委員の神西清が「全出席者の反対を押し切つて頑張つて下さつた」（三島由紀夫）他に、パリ滞在中の中村光夫は、かの地から一票を投じ、三島は「御一票賜はつた」（同）と書いている。幾つかの句を引用しておく。

ことほがれこの身もマゾとなりゆけば　由紀亭

三十万がもぞ〱とする　清庵

打日さす銀座のわたりＧＩ刈りで鰐革しめて行くは誰が児ぞ　正二位清翁

あれも人の子賞拾ひ　由紀夫

どうしよう友達皆は金持で　健
われのみ哀し三十万両　由
哀しみは哀しみなりに楽しみで　清
歓楽尽きて哀傷深し　恆

ちなみに、当時の三十万円という金額はどういうものだったのか。私の記憶では、その頃の流行歌で「一万三千八百円」というサラリーマンの月給を嘆くものがあった。これは初任給だったのだろうか、それとも平均的給料だったのか。昭和二十五年の物価（『昭和家庭史年表』による）は氷のレモン水が五円（他のシロップ類と値段が違っていたのだろうか?)、コマ切れ牛肉一〇〇匁《もんめ》が七十円。三島の初文学賞受賞の四年後、昭和三十三年ともなると、この年七本の映画に主演した石原裕次郎の映画配給収入は合計で約二十一億七千三百万円。現在(『昭和家庭史年表』刊行一九九〇年)に換算するには十倍だそうで、「三十万」は、ほぼ三百万見当か。だが、この当時の三百万は現在に換算した額の金とは、相当な違う価値だったわけである。いずれにしても、著名な文学者たちの連歌の座で詠まれるほどの特別な金額だった。ちなみにスター俳優、小説家の石原慎太郎の弟裕次郎のギャラは日活の専属料が年間三百万、一本の出演料が百五十万だった時代である。

　さらに、五〇年代の、いわば今は昔、景気が沸騰する出版界の純文学部門を代表する第一回「新潮社文学賞」の審査員は、「河上徹太郎、小林秀雄、中村光夫、神西清、亀井勝一郎、中島健蔵、川端康成、河盛好蔵、本社出版部長」(『新潮社一〇〇年』)の九名で、私がデビューした頃、神西清を除いて(本社出版部長のことは知らないが)全員が文筆活動をまだ盛んに行っていて、純文学の堅固な文壇と言ったふうのイメージを形作っていたものである。そのイメージは本書冒頭の「『この人を見よ』あるいは、ボヴァリー夫人も私だ/破船」中に引用されている後藤明生の書いている中野重治とはいかにも異なる（この項に本書で新たに書き足した付記を参照）文学的世界のようでもある。

文庫版あとがき

『カストロの尻』を読みかえすのは本当に久しぶりのことでした。二〇一七年、単行本を作る作業中にゲラ刷りのかたちで何度か少し精密に読みかえすはめ（しかし、どこか快楽的でもある）におちいりましたが、今度改めて読みかえすと、いつものことなのですが、いろいろな形で何かを書き加えたくなるという面倒な癖が顔を出すことが困るのでした。しかも、それは楽しい快楽的作業なのです。

　写真のコラージュである岡上淑子さんの作品に魅惑されたことから書きはじめられ、書くことの最中、読んだ本や見た映画の中をさまよう夢想が、きらびやかな空想世界を形づくる物語のように展開することなどはありませんが、私の夢想は、今も書くことの中でつづいています。

田辺美奈さん、そして、思えば『愉しみはTVの彼方に』（一九九四年刊）以来のおつきあいの木島聡子さんが文庫の形で『カストロの尻』をよみがえらせてくださいました。てのひらになじむ文庫の大きさが、岡上さんの作品の不思議に刺激的な親密さとあいまって、さらに、解説を書いてくださった堀千晶さんの魅力的な文章がくわわり『カストロの尻』の世界の新たな広がりを約束してくれているようで、私としては、まるで新しい何かがおきようとしているかのように思えてなりません。

二〇二四年一月

著者

解説　言葉の刺繡

堀　千晶

「映画によって私が体験した半世紀に少し足りない生々しい「愛」の歴史」と、金井美恵子は『柔らかい土をふんで、』（一九九七年）のあとがきに書く。『カストロの尻』はその二十年後、世紀をまたぎながら、岡上淑子《おかのうえとしこ》のフォト・コラージュ作品とともに読者のもとに届けられた、「愛」の物語である。「この本」は、二篇の「エッセイ」と、そのあいだに挟みこまれた十篇の「小説」、さらには「あとがきにかえて１」とそのあとの「あとがきにかえて２」のあとに、文庫版ではあらたに「エッセイ」（「50年、30年、70歳、30万円」）が加わっていて、一冊の本が終わることなくずっと書きつづけられてゆくような印象を抱く。いったん書かれた言葉が、あらたな言葉へとみちびき、蔓《つる》のように艶めきながら伸びていくみたいで、いつでもどこでも過剰な何かがつけ足されていくのだ。ちょうど「カストロ」につく言葉として、「尻」がどこかずれをふくんだすこし過激な異物でありながら、もう切り離せないくらいぴったり縫いあわされているように。ふたつの言葉のあいだで、いくつもの意味のあいだで、つい右往左往というか、上下に行き来してしまうかもしれない。金井作品は小説もエッセイも、批評も時評も、エレガントで可笑《おか》しくて愉しくてチャーミングだ。

『カストロの尻』はどの頁をひらいても、どの行を読んでも、絢爛の文様がどこまでもつづいていて、それをたどって「エッセイ」から「小説」のなかにいつのまにか踏みこんでいる。すっかり幻惑されていたことにあとからおくれて気がつくのだ。そうでない幻惑なんてあるのだろうか。読者としての「私（私たち）」はその魅惑《めまい》をまずはたっぷりと味わう。そして、「私（私たち）はいつだって、あきもせず町中の映画館全部のガラス窓の中に飾られた動かない《スチール》写真を見てまわった。ポスターと写真はどの映画館でも一週間に一度新しい別のものに張り替えられるのだった。」という箇所は、「エッセイ」と「小説」のどちらでもあり、どちらともつかない。言葉はまるで「船」のように頁上のおなじ場所にとどまってゆれながら進み、ジャンルを超えて、時を超えて進むのである。ときに言葉が書かれた手紙が投函されずにいたり、本の紙じたいがぼろぼろになったり、一部が行方不明になったりしながら——。

　言葉はもともと異質であったもの、遠くへだてられていた場所を、頁上で結びつける。「ここ」と「よそ」、ずれを含む「今」と「今」、「あの時」と「あの時」、「私」と「私」、「女性」と「男性」を隣りあわせたり、混ぜあわせたりする。それを「コラージュ」といってもよいし、あるいは、もともとの生地にまったく別の図柄をつくりだしてゆく繊細な「刺繍」といってもよいかもしれない。いわば言葉じたいが糸であり、布地も図柄も言葉でできている。編むこと、刺すこと。言葉を一つひとつおいていくこと。繊細な手仕事がなければ、布地も図柄もけっしてあらわれてこない。

初期の「エオンタ」（一九六八年）が「シーツ」に全身でふれていたように、金井作品において、衣服や布とその皮膚感覚（なめらかさ、ざらつき、ごわつきに自分でふれること、他者にふれられること）は、きわめて緻密に描写される。『ピース・オブ・ケーキとトゥワイス・トールド・テールズ』（二〇一二年）につづいて、『カストロの尻』でも、岡上淑子のコラージュ作品のなめらかな布地のドレスやドレープと響きあう、言葉を贅沢につかって描写される衣服や布やカーテンじたいが、甘美なメロドラマを演じる主役のひとつなのだ。布地に縫いこまれる「刺繍」——言葉の刺繍でもある——もきわめて印象的で、たとえば「フランス刺繍」を「私」にやらせようとする「菊子」は、「白いブロードの丸襟で透明なプラスチック・ボタンの何の変哲もないブラウスの胸に自分の名前にちなんで雛菊の刺繍をしながら」話すのであり、この「雛菊」を通して「デイジー」というおなじ意味の別の人名へと、さらには溝口健二『残菊物語』へと言葉の糸が伸びてゆくようだし、スタンダールも、フローベールも、プルーストも、ロラン・バルトも「フランス刺繡」ではなかっただろうか。また、美しさを誇った「ハンカチ」にびっしりとほどこされた「刺繡」――「赤い絹地に黒い糸で蝶々や鳥や虫が蔓性の植物に実った果実のように渦巻いている図柄の刺繡」――は、その「虫喰いの穴」をとおして、映画の「華麗」な「スチール写真」を、「黒いラシャ地を張った板」にとめる「虫ピン」と目くばせしあう。頁をまたいで共鳴しあう、一見無関係なこうした細部の図柄を読むことは、金井美恵子の「小説」のおおきな愉しみのひとつで、作品内にはりめぐらされた網目をとおって、自由に行き来する言葉の緻密さは、何回読んでもとてもすべて追いきれない。「小説」は、だからゆっくりと緩やかに何度でも読みなおすよう読者を誘うのだ。

　このようにつなぎあわされるというか、刺繡される（編まれる?）「偶景」には、なんらかの先行作品の場面をきっかけにしたものもたしかにある。作品名が直接言及されているとはかぎらないので間違っているかもしれないが、映画でいうとたとえばロッセリーニ、ホークス、ヒッチコック、ブレッソン、シュミットなどの作品が想起されるし、そのほかにもいくつあるか分からないほど映画のシーンがちりばめられているようなのだ。ただし元ネタ探しのような行為ばかりをしても、「小説」を読む愉しみがさほど深まるようにおもえないのは——先に挙げた映画作家たちはいうまでもなくみな素晴らしい——、たとえば白黒映画の鮮烈な色彩が描写される『残菊物語』をめぐる言葉に顕著なように、もとになったショットを鮮やかに切り取りながら、すくなからぬ過剰さをつけ足して生きいきと語りなおされるからだ。岡上淑子のコラージュ作品のもとになった写真をぜんぶ特定できたところで、彼女の作品の秘密にはぜったい届かないのとおなじことで、もとの作品をいくら探ってみても、そこから出発して書かれた言葉とそのコラージュはかぎりなく別ものだ。

それに、もとになった作品がじっさいに存在し、それを特定できたとして、たとえばスタンダール『カストロの尼』（谷崎潤一郎訳）は、そもそもスタンダールによる原作《オリジナル》じたいが、二〇〇年以上まえの他言語（イタリア語）の写本をその文体もふくめてそのまま活《い》かしたといいながら、じっさいはおおいに創作をつけ加えたものだし、翻訳者の谷崎は「完全に私の文体になるまで彫琢を施した。要するに私は此れを自分のもの、自分の創作と同様に認める」と冒頭の「はしがき」で嘯《うそぶ》いてもいて、しかもそれは英語からの「重訳」で、あいだには「下訳」をした「隅野滋子さん」もいるし、最終的には「（未完）」のまま中断したのだ。『カストロの尼』は『カストロの尻』の原作と翻訳をめぐる幾重にも掛けあわされてふくらんでいくずれ、書き足し、抜け落ちなどをもとにして、さらなるずれ、書き足し、抜け落ちをユーモアたっぷりに詰めこんでいく（「衣料品問屋の番頭」を見よ）。

フランスの批評家リシャールによると、スタンダールは乾いた調子で「分析」を行っていたかとおもうと、「ささいなきっかけで」すぐさま甘美な夢想や熱狂的な想像に溺れていく。乾燥と惑溺を行き来するスタンダールの、たとえば『パルムの僧院』における年上の女性と年下の親戚の男性との親密な関係は、ずれを書き足されて、『道化師の恋』（一九九〇年）の「颯子《さっこ》」と「善彦」とのあいだで、あっさり成立する性関係としてすでに変奏されていたのかもしれないし――「颯子」は谷崎『瘋癲老人日記』の作中人物の名でもあって――、さらにそこには、大岡昇平『武蔵野夫人』における「道子」と「勉」との恋愛関係という、スタンダールへの書き換えが介在しているのかもしれない（大岡昇平論として、「水から〈外〉へ」『言葉と〈ずれ〉』一九八三年）。いずれにしても、「愛」の物語のはじまり――それはいつどこではじまったのだろう――を詮索しても、決定的な何かがあきらかになるわけではないのは、「もちろん、それは何度でも誰でもが耳にしたり眼にする、しがなさとあきらめの混りあったようなありふれた出来事」だからで、金井美恵子における「愛」の物語は、ありふれた情事を、ありふれたことであることを自覚しつつ官能的に生きる言葉ではないだろうか。金井作品には特権的な英雄的人物は登場しないし、家族主義とも縁がない（『カストロの尻』には《父》も《母》もいない）。ゴダールがみずからの一作品を『ありきたりの映画』と名づけたことがおもいだされる。だれもが他人とおなじような存在である時代の、それでいて官能的な愛の物語。

　こうした入れ子構造（創作をもとにした創作をもとに……、他者の情事をくり返す情事を……）は、たとえば「紅茶」や「ジャスミン茶」の周囲にもあらわれる。愛の神《アフロディーテ》を讃えるギリシャの島である「シテール島」への「船出」が喚起されるとき、「陶器」のなかに描かれた「庭園」のなかの「池」のなかの「島」のなかの「シナ風の屋根の寺院」のなかの「鐘」が鳴らす音を、夢か現《うつつ》か知らぬまま、恋人たちはどこかで聞くのだろう（ところで本が「茶」色なのは偶然なのだろうか）。この「茶」をめぐるシーンを読むとき想起されるのは、マドレーヌを紅茶にひたして食べるプルーストの有名な一場面だけでなく、今からおよそ半世紀まえに書かれた「紅茶的世界」（『美術手帖』一九七三年五月号）だ。

　この短い「エッセイ」（?）は、中西夏之との対談「紅茶をのみながら」――「金粉塗」りのダンサーにも言及するこの対談からは、舞踏に対する金井の距離感がみてとれる――のなかにはめこまれるようにして、中西による「レモンティーから心器へ」とともに掲載されたものだ。そこには『カストロの尻』とはまったく異なるしかたでありながら、「多重円の世界」がみごとに封じこめられている――「白い陶器のお皿の上に置かれたカップのなかに充たされた上等な紅茶には、陶器のカップの内側と紅茶の表面が円周となって触れあう部分に、黄金色のコロナが浮かんで見える。そして、透明な燃えるルビーの色と黄金のコロナと白いカップの多重の輪のなかに、円と円のゆらめきながら重なるあたたかい液体と冷たい陶器の円の重なりのなかに、最後の仕上げとして、黄色いレモンの輪切りをそっとすべり込ませて浮かべる時、紅茶の多重円の世界は完結する」。

　中西夏之のオブジェがつかわれた一九七一年の『海』の表紙を記憶していると第一回に書く連作エッセイ「首の行方、あるいは……」（『文學界』二〇一八年十二月～二〇一九年十月）は、『〈3・11〉はどう語られたか　目白雑録　小さいもの、大きいこと』（二〇二一年）や、現在（二〇二三年末）連載中の「重箱のすみから」（『ちくま』二〇二〇年六月～）とあわせて、金井美恵子の「エッセイ」の方向性のひとつを示すものだ（色々なタイプの「エッセイ」を書いているので、あくまでそのひとつ）。「エッセイ」では、ある事柄や主題をめぐって語られた具体的な言説を様々な書き手から「収集＝引用」し、使われている言葉や言い回しを詳細に分析し、そこから典型的な思考や表現のパターンを抽出している。『おばさんのディスクール』（一九八四年）でも行われた言説分析だ（小説では『文章教室』一九八五年）。そこでは個人の才能や内面からあふれだしてくる言葉といった神話は斥けられ、言葉から私的《プライヴェート》な性格がはぎとられてゆく。言葉は複製可能で、だれにでも使用可能な公的なものであり、あらゆる言葉は原則的に「ありふれた言葉」だからだ。こうして「エッセイ」では、個人的なお気持ちの垂れ流し、抒情的で感傷的な比喩、雰囲気に頼った言い回し、事実にもとづかずに抽象的にこねくりまわされた思弁、歴史感覚と知識を欠いているがゆえに好き勝手に行われる解釈、いかにも「男性《ますらお》的」な言葉やまなざしといった定型パターンが、出典とともにひとつずつ指摘されてゆく。

　こうした言説分析は、当然、日本語文学についても、その外枠を規定しているものについても行われる。その分析からは、一九六七年にデビューした金井美恵子の小説家として一貫する態度も浮かびあがるはずだ。『カストロの尻』のように、「小説」をまえとうしろから「エッセイ」で挟みこむということは、「小説」の言葉をみつめる「エッセイ」の分析的まなざしを、みずから引き受けるということでもあって、そのことが、つよい（自己）批評意識を「小説」の言葉にあたえている（と同時に、「小説」を読む快楽とは、こうした分析をすっかり忘れさせてしまうものでもあるのだけれど)。『カストロの尻』の読者には、「小さな女の子のいっぱいになった膀胱について」のあとで、これまでに書かれたほかの「エッセイ」もぜひ読んでみてほしい。深沢七郎「風流夢譚」のなかから、「編物」をする女の存在を取りだしたのは、どの「エッセイ」だっただろうか。

（ほり・ちあき　フランス文学者）

初出

「この人を見よ」あるいは、ボヴァリー夫人も私だ
「新潮」2013年5月号

破船
「新潮」2013年5月号

昇天
「新潮」2014年6月号

呼び声、もしくはサンザシ
「新潮」2015年5月号

シテール島への、
「新潮」2015年1月号

「胡同《フートン》の素馨《ジャスミン》」（「胡同《フートン》のジャスミン」改題）
「新潮」2016年1月号

廃墟の旋律
「新潮」2016年5月号

雷鳴の湾——王女、あるいはMiscellany
（「雷鳴の湾——王女」改題）
「新潮」2016年7月号

雷鳴の湾—— Incident（「雷鳴の湾—— Miscellany」改題）
「新潮」2016年9月号

「孤独の讃歌」あるいは、カストロの尻
「新潮」2015年9月号

カストロの尻—— Miscellany
「新潮」2016年11月号

小さな女の子のいっぱいになった膀胱について
「群像」2016年1月号

「50年、30年、70歳、30万円」
「新潮」2018年5月号

2つの付記は書き下ろし

フォト・コラージュ　岡上淑子

58 頁「破船」(1951)
62 頁「昇天」(1955)
82 頁「呼び声」(1954)
148 頁「廃墟の旋律」(1951)
174 頁「王女」(1954)
210 頁「孤独の讃歌」(1952)

協力・写真提供　The Third Gallery Aya

106–107 頁　写真提供　新潮社

『カストロの尻』 2017 年 5 月　新潮社刊

JASRAC 出 2400333-401

中公文庫

カストロの尻《しり》

2024年 2 月25日　初版発行

著　者　金井美恵子《かないみえこ》

発行者　安 部 順 一

発行所　中央公論新社
〒100-8152　東京都千代田区大手町 1-7-1
電話　販売 03-5299-1730　編集 03-5299-1890
URL https://www.chuko.co.jp/

ＤＴＰ　平面惑星
印　刷　三晃印刷
製　本　小泉製本

Published by CHUOKORON-SHINSHA, INC.
Printed in Japan　ISBN978-4-12-207481-1 C1193

中公文庫既刊より

各書目の下段の数字はISBNコードです。978－4－12が省略してあります。

お-2-10
ゴルフ 酒 旅
大岡昇平

獅子文六、石原慎太郎ら文士とのゴルフ、一年におよぶ米欧旅行の見聞……。多忙な作家の執筆の合間には、いつも「ゴルフ、酒、旅」があった。〈解説〉宮田毬栄

206224-5

お-2-11
ミンドロ島ふたたび
大岡昇平

自らの生と死との彷徨の跡。亡き戦友への追慕と鎮魂の情をこめて、詩情ゆたかに戦場の島を描く。『俘虜記』の舞台、ミンドロ、レイテへの旅。〈解説〉湯川 豊

206272-6

お-2-12
大岡昇平 歴史小説集成
大岡昇平

「挙兵」「吉村虎太郎」など長篇『天誅組』に連なる作品群ほか、「高杉晋作」「竜馬殺し」「将門記」など戦争小説としての歴史小説全10編。〈解説〉川村 湊

206352-5

お-2-13
レイテ戦記（一）
大岡昇平

太平洋戦争の天王山・レイテ島での死闘を再現した戦記文学の金字塔。巻末に講演「『レイテ戦記』の意図」を付す。毎日芸術賞受賞。〈解説〉大江健三郎

206576-5

お-2-14
レイテ戦記（二）
大岡昇平

リモン峠で戦った第一師団の歩兵は、日本の歴史自身と戦っていたのである――インタビュー「『レイテ戦記』を語る」を収録。〈解説〉加賀乙彦

206580-2

お-2-15
レイテ戦記（三）
大岡昇平

マッカーサー大将がレイテ戦終結を宣言後も、徹底抗戦を続ける日本軍。大西巨人との対談「戦争・文学・人間」を巻末に新収録。〈解説〉菅野昭正

206595-6

お-2-16
レイテ戦記（四）
大岡昇平

太平洋戦争最悪の戦場を鎮魂の祈りを込め描く著者渾身の巨篇。巻末に「連載後記」、エッセイ「『レイテ戦記』を直す」を新たに付す。〈解説〉加藤陽子

206610-6

各書目の下段の数字はISBNコードです。978－4－12が省略してあります。

た-15-14
日日雑記 新装版
武田百合子
深沢七郎、大岡昇平ら友人たちを送った昭和最後の三年間。日々の出来事や気持の照り降りを心に響く文章で綴る最後のエッセイ集。〈巻末エッセイ〉武田 花
207394-4

た-15-9
新版 犬が星見た ロシア旅行
武田百合子
夫・武田泰淳とその友人、竹内好との旅を、天真爛漫な目で綴った旅行記。読売文学賞受賞作。竹内好の随筆「交友四十年」を収録した新版。〈解説〉阿部公彦
206651-9

た-80-1
犬の足あと 猫のひげ
武田 花
天気のいい日は撮影旅行に。出かけた先ででくわした奇妙な出来事、好きな風景、そして思い出すことどもを自在に綴る撮影日記。写真二十余点も収録。
205285-7

た-30-6
鍵 棟方志功全板画収載
谷崎潤一郎
妻の肉体に死をすら打ち込む男と、死に至るまで誘惑することを貞節と考える妻。性の悦楽と恐怖を限界点まで追求した問題の長篇。〈解説〉綱淵謙錠
200053-7

た-30-62
瘋癲《ふうてん》老人日記
谷崎潤一郎
性に執着する老人を戯画的に描き出した晩年の傑作長篇。絶筆随筆「七十九歳の春」他、棟方志功による美麗な板画を収載。〈解説〉吉行淳之介／千葉俊二〈註解〉細川光洋
207298-5

た-30-13
細雪（全）
谷崎潤一郎
大阪船場の旧家蒔岡家の美しい四姉妹を優雅な風俗・行事とともに描く。女性への永遠の願いを〝雪子〟に託す谷崎文学の代表作。〈解説〉田辺聖子
200991-2

あ-84-1
女体についての八篇 晩菊
安野モヨコ選・画
太宰治／岡本かの子／森茉莉他
はたかれる頰、蚤が戯れる乳房、老人を踏む足、不老の童女……文豪たちが「女体」を讃える珠玉の短篇に、安野モヨコが挿画で命を吹きこんだ贅沢な一冊。
206243-6

な-6-3
歌のわかれ・五勺の酒
中野重治
旧制四高生の青春を描く「歌のわかれ」、天皇感情を問うた「五勺の酒」に「村の家」などを収めた代表作選集。〈巻末エッセイ〉石井桃子・安岡章太郎ほか
207157-5